Hermann Weinhauer

2 in 1 Buch – Kriegsromane über den 2. Weltkrieg

Brennender Harz + Totenfeld vor Berlin – zwei packende Erlebnisberichte von der Westfront und der Ostfront

EK-2 Militär

Verpassen Sie keine Neuerscheinung mehr!

Tragen Sie sich in den Newsletter von *EK-2 Militär* ein, um über aktuelle Angebote und Neuerscheinungen informiert zu werden und an exklusiven Leser-Aktionen teilzunehmen.

Link zum Newsletter:
https://ek2-publishing.aweb.page

Über unsere Homepage:
www.ek2-publishing.com
Klick auf *Newsletter*

Via Google: -> *EK-2 Verlag*

Als besonderes Dankeschön erhalten Sie **kostenlos** das E-Book »Die Weltenkrieg Saga« von Tom Zola. Enthalten sind alle drei Teile der Trilogie; das macht mehr als 500 Minuten Lesevergnügen.

Deutsche Panzertechnik trifft außerirdischen Zorn in diesem fesselnden Action-Spektakel!

Ihre Zufriedenheit ist unser Ziel!

Liebe Leser, liebe Leserinnen,

zunächst möchten wir uns herzlich bei Ihnen dafür bedanken, dass Sie dieses Buch erworben haben. Wir sind ein kleines Familienunternehmen aus Duisburg und freuen uns riesig über jeden einzelnen Verkauf!

Mit unserem Label *EK-2 Militär* möchten wir militärische und militärgeschichtliche Themen sichtbarer machen und Leserinnen und Leser begeistern.

Vor allem aber möchten wir, dass jedes unserer Bücher **Ihnen ein einzigartiges und erfreuliches Leseerlebnis** bietet. Daher liegt uns Ihre Meinung ganz besonders am Herzen!

Wir freuen uns über Ihr Feedback zu unserem Buch. Haben Sie Anmerkungen? Kritik? Bitte lassen Sie es uns wissen. Ihre Rückmeldung ist wertvoll für uns, damit wir in Zukunft noch bessere Bücher für Sie machen können.

Schreiben Sie uns: info@ek2-publishing.com

Nun wünschen wir Ihnen ein angenehmes Leseerlebnis!

Jill & Moni
von
EK-2 Publishing

Brennender Harz

Nach einem weiteren erfolgreichen Stoßtruppeinsatz mit der Einbringung eines Gefangenen, wird mir, dem Unteroffizier Eduard Herzl, neben dem Eisernen Kreuz I. Klasse nun auch die Nahkampfspange 2. Stufe verliehen. Dafür bekomme ich noch im April 1945 eine Woche Sonderurlaub durch meinen Regimentskommandeur ausgesprochen. Zwar bin ich einigermaßen überrascht, da es an der Front ja an allen Ecken und Enden brennt, doch hütete ich mich davor, meinem Vorgesetzten zu widersprechen.

Schnell sind meine privaten Sachen zusammengepackt und die entsprechenden Papiere abgeholt. Meine Fahrt führt mich durch das Protektorat. Dort kann ich bereits eine gewisse Spannung in der Luft spüren. Überall laufen Landser mit grimmigen Mienen durch die Gegend und patrouillieren an wichtigen Plätzen. Weiter geht es quer durch das Reich. Hier sehe ich wieder einmal die schrecklichen Auswirkungen der alliierten Terrorflieger. Seit meinem letzten Urlaub haben sich die Schäden weiter verschlimmert. Die meisten Städte, durch die ich fahre, zeigen starke Bombenschäden. Ein paarmal muss der Zug auf freier Strecke anhalten, da entweder die Gleise durch Bombenschäden unterbrochen sind oder es Fliegeralarm aufgrund von Tieffliegern gibt.

Dennoch gelange ich sicher in meine Heimat und ich verbringe einige recht unbeschwerte Tage im Kreise meiner Familie. Natürlich werde ich überall, wo ich in meiner Heimatstadt hinkomme, bestürmt, wie es den an der Front aussehe, und vor allem, ob die Front denn halten werde.

Was soll man als Soldat dazu sagen? Natürlich habe ich den Glauben, das wir halten können und den Feind auch wieder zurückdrängen werden.

Meinem Vater zuliebe laufe ich fast immer in Uniform herum. Er ist unheimlich Stolz auf die Leistungen seines ältesten Sohnes an der Front und möchte dies auch jedem zeigen. Meine Orden und Ehrenzeichen signalisieren ja dem Betrachter, dass ich nicht in der Etappe versauere.

Wenn wir abends im Haus zusammensitzen, muss ich ihm ab und an einige Fronterlebnisse berichten. Er selbst diente im ersten Großen Krieg, weiß also, was ich meine, wenn ich von Artilleriefeuer, Sturmangriff, Einbruch in die Stellungen und Nahkampf mit dem Feind rede. Meine Mutter fragt nie nach. Sie hört auch recht selten zu. Bestimmt kann sie sich wohl nur einen Bruchteil davon vorstellen und das wird ihr schon reichen. Welche Mutter möchte sich den eigenen Sohn auch in solch gefährliche Situationen vorstellen?

Eines Morgens, es ist der 8. April 1945 und mein Urlaub neigt sich langsam dem Ende, gibt der Bürgermeister zusammen mit meinem Vater, welcher Blockleiter in unserem Ort ist, bekannt, dass Göttingen an den Feind gefallen ist.

Mein Gott, Göttingen, das ist gar nicht mehr so weit weg. Wenn ich überlege, welche Tagesleistungen wir damals in Russland geschafft haben, geht es mir durch den Kopf.

Mein Vater hat einen sehr bedrückten Gesichtsausdruck. Auch wenn er recht zeitig in die Partei eingetreten ist, so hielt er nie mit Kritik hinterm Berg. Das ist wohl auch der Grund, warum er keine richtige Karriere in der Partei gemacht hat.

Am 9. April möchte meine Mutter zusammen mit meinem kleinen Bruder zu einem örtlichen Bauern, um Lebensmittel zu kaufen. Ich begleite die beiden, denn ich empfinde dies doch als etwas riskant ob der aktuellen Lage. Ich habe mich dazu entschieden, dieses Mal zivile Sachen zu tragen. Die Uniform werde ich noch lang genug tragen dürfen. Als wir zum Bauernhof kommen, sehen wir, dass wohl einige andere Leute aus der umliegenden Gegend die gleiche Idee hatten. Es hat sich eine kleine Menschenansammlung gebildet. Dies macht mich nun noch nervöser, denn von der Ostfront her, kenne ich Angriffe russischer Tiefflieger auf genau solchen Menschenansammlungen. Warum sollten es da die Amerikaner anders handhaben?

Nach einiger Zeit vernehme ich allzu bekannte Geräusche. Das entnervende Rasseln und Klirren von Panzerketten drängen sich in die Geräuschkulisse. Ich bin wie elektrisiert.

Sind das etwa schon die Amis? Das ging aber schnell, denke ich. Nun ist natürlich guter Rat teuer.

Stutzig macht mich jedoch, dass es keinerlei Gefechtslärm gibt. Kein einziger Schuss fällt. Was hat das wieder zu bedeuten? Kampflose Übergabe? Sind die Leute vom raschen Vorstoß so überrascht, dass niemand Widerstand leistet? Nicht möglich! Schon will ich mich aufmachen und die Lage erkunden, da kommt mein kleiner Bruder angerannt. Er war mit ein paar Freunden, welche zusammen als Flakhelfer Dienst tun, in der Stadt.

Aufgeregt und euphorisch berichtet er, dass es sich um eine Einheit der Waffen-SS handelt. Glück im Unglück. Wenigstens keine Feinde, aber ich bin in Zivil unterwegs. Das kann ein böses Ende nehmen. In dieser Zeit wird oftmals zuerst gehandelt und erst dann gefragt. Schneller als gedacht, hat man wegen angeblicher Fahnenflucht eine Kugel im Kopf oder man hängt an der nächsten Laterne. Beides ist für mich natürlich nicht erstrebenswert. Also mache ich, dass ich nach Hause komme, um meine Uniform und meine Waffen zu holen. Um ganz sicher zu gehen, dass ich keinem SS-Soldaten über den Weg laufe, nutze ich kleine Gassen und Schleichwege. Das ist weiter kein Problem, denn schließlich bin ich hier aufgewachsen.

Daher komme ich ungesehen Daheim an. Nun aber schnell die Uniform angezogen. Auf die Kleiderordnung nach Heeresdienstvorschrift achte ich nicht. Im Feld wird sich sowieso zweckdienlich und nicht vorschriftsmäßig gekleidet. Die Front hat ihre eigenen Regeln.

Zuletzt hole ich meinen Karabiner 41 aus dem Kellerschrank und begebe mich zur Ortsmitte. Dort legt die Truppe eine Pause ein. Irgendwie habe ich das Gefühl, dass mein Urlaub nun vorbei ist.

Ich sehe den Bürgermeister, meinen Vater und einen SS-Offizier auf dem Marktplatz stehen. Der SS-Offizier lässt sich von den beiden anscheinend gerade anhand einer Karte das Gelände und den besten Weg erklären. Die drei Männer sind vollkommen in das Gespräch vertieft und so nehmen sie keinerlei Notiz von mir. Ich begebe mich schnellen Schrittes zu ihnen, um mich beim SS-Führer zu melden.

Mit der Waffe in der Hand möchte ich mich gerade vor der Gruppe aufbauen, als der Offizier, welcher den Rang eines Obersturmführers bekleidet, mit einer MP 40 im Anschlag erschrocken herumfährt und »Stehenbleiben, keinen Schritt weiter« schreit. Geistesgegenwärtig schlägt mein Vater den Lauf der Maschinenpistole nach unten und brüllt nun seinerseits den Offizier an: »Nicht schießen! Das ist doch mein Sohn!«

Verdutzt schaut der Obersturmführer mich an, lässt nun vollends seine Waffe sinken und meint trocken: »Schwein gehabt. Im nächsten Augenblick hätte ich dich über den Haufen geschossen!«

Ich könnte mich für diese Leichtsinnigkeit selbst ohrfeigen. Der Obersturmführer sieht mir meine Verlegenheit anscheinend an und grinst. Der Bürgermeister schlägt nun vor, die Besprechung in sein Haus zu verlegen. Dort sei man auch vor etwaigen Überraschungen sicher.

Es stimmen alle zu. Ich folge der kleinen Gruppe und nehme an der Besprechung teil. Niemand hat Einwände dagegen.

Der SS-Mann erklärt uns, dass es sich bei seiner Truppe um eine Panzerabteilung der SS-Panzerbrigade »Westfalen« handele.

Sie sei auf dem Truppenübungsplatz Sennelager aufgestellt worden. Ursprünglich habe es sich um eine Ausbildungseinheit für Unterführer der Panzertruppe der Waffen-SS gehandelt, sie sei aber dann alarmiert worden und seither ständig am Feind. Dementsprechend seien die Landser nervlich sehr angespannt. Ständig den Feind im Nacken und immer nur Zurückweichen, macht einen Soldaten mürbe. Das erklärt auch die »leichte« Überreaktion des SS-Offiziers. Ich bin ihm nicht gram. Denn ich kenne es selbst, wenn man immer den Tod vor Augen hat und sogar Kameraden zurücklassen muss, um sein eigenes Leben zu retten. Die Erlebnisse der Front nagen früher oder später an jedem Nervenkostüm.

Ich stelle fest, dass der junge SS-Obersturmführer einen sehr sympathischen Eindruck macht. Die Besprechung gibt mir die Gelegenheit, ihn etwas näher zu betrachten. Er ist gekleidet in einer schwarzen Feldjacke der Panzertruppe, an der ich das Band des Eisernen Kreuzes II. Klasse und das Band des »Gefrierfleischordens« erkenne. Darüber hinaus hat er noch das Panzerkampfabzeichen und das Verwundetenabzeichen in Silber. Entgegen seiner schwarzen Feldjacke trägt er eine Feldhose im typischen braunen Flecktarnmuster der Waffen-SS. Unter seiner grauen Offiziersschirmmütze blitzt ein weißer Kopfverband hervor. Ein altgedienter Frontsoldat also. Wahrscheinlich hatte er eine schwere Verwundung erlitten, sodass er nicht mehr voll frontverwendungsfähig ist und zu einer Ausbildungseinheit versetzt wurde. Diese Erkenntnis beruhigt mich irgendwie, denn ich spüre, dass diese Truppe mein Schicksal nun einige Zeit beeinflussen wird.

Der Bürgermeister und mein Vater erklären ihm den besten Weg zum neuen Einsatzgebiet, welches die »Festung Harz« sein soll. Dies ist besonders wichtig, da die Einheit teilweise aus schweren Panzern der Typen Tiger, Tiger II und sogar

Jagdpanther besteht. Also Fahrzeuge, welche nicht für enge Gebirgsstraßen geschaffen sind.

Nun wendet sich der SS-Mann zu mir und meint: »Und du begleitest uns doch sicher, oder?«

Automatisch antworte ich: »Jawohl, Herr Obersturmführer.« Was soll ich auch sonst sagen? Lieber schließe ich mich einer intakten Kampfgruppe an, als vom Heldenklau in eine zusammengewürfelte Alarmeinheit verfrachtet zu werden. An der Ostfront habe ich bereits einige Male die Bekanntschaft mit solchen Alarmeinheiten gemacht. Die Verluste jener Einheiten sind stets unverhältnismäßig hoch, denn es gibt einfach keinen inneren Zusammenhalt in solch einer Truppe. Niemand kennt sein Gegenüber in diesen Einheiten.

Der SS-Offizier grinst und erwidert: »Sehr schön, ich freue mich immer über erfahrene Soldaten, die wissen, wie es an der Front zugeht. Aber das ›Herr‹ lassen wir sein.«

Natürlich kenne ich diese Marotte der SS, doch ist es für mich ungewohnt. Ich hatte noch nie große Berührungspunkte mit SS-Einheiten.

Wir treten aus dem Haus des Bürgermeisters und ich sehe, dass die SS-Soldaten sich an ihren Fahrzeugen und Gerätschaften zu schaffen machen. Nicht weit von mir entfernt fuhrwerkt ein SS-Untersturmführer mit einer Brechstange an eine Kette seines Tigers herum. Die Offiziere packen genauso an wie die Mannschafter. Bei Heereseinheiten habe ich schon das Gegenteil erlebt und so mancher Heeresoffizier war sich zu fein, sich die Hände dreckig zu machen. Jedoch war deren Ansehen bei der Truppe auch entsprechend niedrig und der eine oder andere wurde durch die Front sehr schnell von seiner Arroganz und Eitelkeit geheilt.

Die Truppe des Obersturmführers macht einen sehr disziplinierten und geordneten Eindruck. Ohnehin wäre es in diesen Tagen zu gefährlich, sich stillschweigend zu verkrümeln.

Dennoch habe ich vor, mich letztendlich zu meiner Stammeinheit durchzuschlagen. Die eigene Truppe ist nun mal so etwas wie Familie. Man ist gemeinsam durch die Hölle gegangen und hat sich gegenseitig gestützt. Wenn ich nun wieder zum Fronteinsatz muss, dann bei meinem eigenen Haufen.

Die Panzerbesatzungen sitzen auf und die Grenadiere bemannen ihre Schützenpanzer. Ich finde Platz auf einem Mercedes-Benz L 4500. Kurz darauf geht es in Richtung Harz. Bisher hatte ich es noch nicht mit dem Amerikaner zu tun, nur ab und an mit Waffen aus seiner Produktion. Damit versorgt er den Russen zur Genüge. Ohne seine enormen Materiallieferungen würde es im Osten bei weitem günstiger für uns aussehen. Teilweise standen uns ganze Divisionen gegenüber, welche komplett mit amerikanischem Material ausgerüstet waren. Daher hole ich mir erstmal einige Informationen über seine Kampfweise ein. Ich habe es schon immer mit dem Motto »Kenne deinen Feind« gehalten.

Es stellt sich sehr schnell heraus, dass auch dem Ami kein guter Ruf anhaftet. Man berichtet mir von Gefangenenerschießungen und anderen Gräueltaten. Auch hier hat der Gegner das Gesetz des Handelns fest in der Hand. Doch ist es hier ein eigenartiger Krieg. Ein SS-Scharführer erzählt mir, dass es immer das Gleiche sei. Bis zum Mittag, manchmal sogar bis zum Nachmittag passiert nicht viel. Vielleicht mal ein Artillerieüberfall oder Störfeuer. Dann erst wird der Ami munter und er orgelt mit seiner Artillerie, oder schickt auch schon mal schwere Bomber, welche dann Bombenteppiche legen. Das einzige, beinahe stetige Ärgernis sind die Jabos. Diese sind wohl den ganzen Tag lang aktiv.

Was mögen die Amis wohl bis zum Mittag treiben?, überlege ich und komme zu dem Schluss, dass sie wohl wissen werden, dass sie den Krieg wohl gewonnen haben. Warum sollten sie sich da beeilen? Von Osten kommt ja ihr Verbündeter, die Rote Armee, ebenfalls scheinbar unaufhaltsam heran. Anscheinend gehen sie da lieber kein Risiko ein und überlassen ihren Verbündeten die schweren Schlachten und blutigen Menschenopfer – auch wenn dies bedeutet, dass der Russe mehr und mehr Gebiet erobert. Also bereiten sie jeden Vormarsch gründlich vor. An Munition mangelt es ihnen ja nicht, wie mir gesagt wird. Nun, das kenne ich auch vom Osten her. Dort habe ich auch bereits wahre Trommelfeuer schwerer und schwerster Artillerie und Salvenwerfer erlebt.

Eine ganze Zeit fahren wir durch die Gegend. Stunde um Stunde vergeht. Auf einmal höre ich die ersten Anzeichen vom Feind.

Dieser rücke von der Ortschaft Lenglern her heran, so sagt es mir der Scharführer, welcher eine Karte der Gegend bei sich hat. Wir hören heftiges Infanteriefeuer in unserem Rücken. Auch Panzerkanonen knallen dazwischen. Wir gehen in Richtung Lohberg-Tonkuhle-Rauschwasser zurück.

Kurz vor einer kleinen Ortschaft gehen wir dann in Stellung. Schnell sind improvisierte Schützenmulden gegraben und unsere Panzer sind in Deckung gefahren, um notfalls eingreifen zu können. Es dauert auch nicht lange, da sehen wir die Amerikaner, von Deckung zu Deckung springend, sich heranpirschen. Anscheinend sind sie sich nicht sicher, ob sie hier auf Widerstand stoßen werden, oder nicht. Auf jedem Fall verzichten sie auf Artilleriefeuer. Das freut mich natürlich.

Wir lassen sie weiter herankommen. Es herrscht eine erstaunliche Feuerdisziplin in der Truppe und das, obwohl auch hier viele jüngere Jahrgänge anzutreffen sind.

Ich habe es bereits um das ein- oder andere Mal erlebt, dass ein kampfungewohnter junger Landser das Feuer zu früh eröffnet hatte und wir dadurch frühzeitig unserer Stellung preisgaben. Dadurch passierte es immer wieder, dass eine erfolgreiche Abwehr nicht, oder nur unter schweren Verlusten möglich wurde. Hier jedoch läuft alles glatt. Je näher die Amis kommen, umso unvorsichtiger werden sie. Sie fühlen sich sicher und unterlassen es letztendlich, auf Deckung zu achten.

Wir jedoch bleiben ganz still, anscheinend unsichtbar für den Feind. Dennoch hat bereits jeder von uns den Gegner anvisiert. Vielleicht 100 Meter vor unserer Stellung verläuft ein kleiner Fluss. Dort führt eine Brücke hinüber und dorthin zieht es nun auch die amerikanischen Infanteristen. Jeder von ihnen möchte trockenen Fußes über das Wasserhindernis. Dementsprechend staut es sich nun bei der Brücke. Ein unglaubliches Durcheinander herrscht beim Ami. Ich schüttle nur den Kopf ob dieser Disziplinlosigkeit.

Keine Spur mehr von Ordnung und koordiniertem Vorgehen. Anscheinend nehmen sie nun tatsächlich an, dass sie hier auf keinen Widerstand treffen werden. Gerade wollen ein paar Offiziere wieder Ordnung schaffen, da löst sich bei uns der erste Schuss und streckt einen der amerikanischen Offiziere nieder. Dies ist nun wiederum das Signal für den Rest der Truppe, ebenfalls das Feuer auf den nun völlig überraschten Haufen zu eröffnen.

Auch ich behalte seelenruhig einen amerikanischen Soldaten im Visier und drücke ab. Wie vom Blitz getroffen sackt er zusammen. Doch das beobachte ich nur aus dem Augenwinkel, denn schon wandert der nächste Ami in mein Fadenkreuz. Ununterbrochen hagelt es in den dicht gedrängten Haufen. Schuss um Schuss jagen wir aus unseren Waffen. Auf dieser kurzen Distanz ist es auch für den schlechtesten Schützen kaum möglich vorbeizuschießen. Mehr und mehr Feinde liegen auf und vor der Brücke. Einige schreien um Hilfe oder nach dem Sanitäter. Andere versuchen zurückzukommen. Einige wenige Unglückliche fallen getroffen in den Fluss und werden vom Wasser mitgerissen. Viele rühren sich nicht mehr. Nun tauchen amerikanische Panzer vom Typ M4 Sherman auf und versuchen, ihre arg bedrängte Infanterie zu unterstützen. Darauf haben unsere Panzer jedoch nur gewartet. Noch bevor ein amerikanischer Tank das Feuer auf uns richten kann, treten unsere getarnt stehenden Tiger in Erscheinung, welche bisher noch keinen Schuss abgegeben haben. Auf diese Entfernung ist die Panzerung der Shermans kein Hindernis für die 8,8-cm-KWK der Tiger. Egal, mit welchem Winkel sie auftreffen, die Shermans werden außer Gefecht gesetzt. Auf dieser Kernschussweite ist jeder Treffer tödlich.

Ich beobachte, wie ein Sherman frontal in den Bug getroffen wird. Es blitz kurz auf und der amerikanische Panzer bleibt ruckartig stehen. Plötzlich wird er durch eine gewaltige Explosion regelrecht auseinandergerissen. Das wiederum hat zur Folge, dass einige feindliche Soldaten durch herumfliegende Splitter und Stahlteile getötet werden.

Unsere schweren Panzer schalten einen amerikanischen Tank nach dem anderen aus. Wir nehmen die feindliche Infanterie aufs Korn. Die US-Truppe kann sich nicht halten und weicht wieder zurück. Schon möchte Jubel in uns aufsteigen, als Lagen leichter und mittlerer Artillerie dicht bei unseren Stellungen einschlagen. Wir gehen in volle Deckung. Das ist in unseren improvisierten Schützenmulden gar nicht so einfach. Ich versuche meine Mulde mit dem Feldspaten tiefer zu buddeln, komme jedoch nicht weiter in die Erde, da ich ständig auf größere Steine stoße, welche ich im Liegen und unter Feuer nicht herausbekomme.

Die feindlichen Kräfte nutzen das deckend liegende Feuer aus, um sich zurückzuziehen und neu zu formieren. Wir liegen wie fest genagelt mit den Nasen im Dreck. Wer den Kopf zu hoch hält, bekommt sogleich die Rechnung und manch ein Landser wird durch Splitter getötet oder verwundet. Langsam, aber sicher wird die Stellung unhaltbar. Immer öfter höre ich die Schmerzensschreie der Kameraden. Wie eine Erlösung erscheint mir da der Ruf: »Stellung räumen!«

Wir lösen uns geordnet aus unseren Stellungen. Halten den Feind mit gezieltem Feuer auf Abstand. Bei dem starken Artilleriefeuer gar nicht so einfach und so mancher Kamerad erleidet Splitterverwundungen.

Wir ziehen uns durch einen Straßengraben zurück, dieser bietet uns wenigstens ein wenig Deckung gegen das Ari- Feuer, welches uns noch ein Stück verfolgt. Glücklicherweise sind eine Menge Blindgänger dabei. Aber an Munition mangelt es dem Ami nicht. Er hat massenweise davon. Daher hält das Feuer in unverminderter Stärke an, steigert sich sogar. Die Panzer haben sich in schneller Fahrt ins rückwärtige Gebiet abgesetzt. Auch sie sind gegen das Artilleriefeuer machtlos.

Hinter Rauschwasser kommen wir an einer kleinen Mühle vorbei. Wir sehen wir so etwas wie eine weiße Fahne hängen. Jedenfalls sieht es so aus. Die ausgepumpte Waffen- SS-Truppe reagiert darauf sehr allergisch. Ein paar Grenadiere stürmen in die Mühle hinein und zerren den Müller heraus. Ein SS-Oberscharführer stellt ihn zur Rede. Der Mann behält jedoch die Nerven und steht seelenruhig Rede und Antwort. Er behauptet fest, dass dies keine Fahne sei, sondern eines seiner Arbeitshemden. Da er Müller sei, wäre dies nun einmal weiß. Die ruhige und unerschütterte Art des Mannes, welche keinerlei Verunsicherung zeigt, überzeugt die SS-Männer, und sie lassen den Müller wieder seiner Arbeit nachgehen.

Wir ziehen uns weiter zurück. Es geht über Unter der Plesse entlang nach Reyershausen. Unentwegt schauen dutzende Augenpaare regelmäßig zum Himmel, um nach einem feindlichen Artilleriebeobachter Ausschau zu halten. Unser Haufen zieht durch das Rodetal bis zum Hardenberg. Glücklicherweise gibt es keine Feindberührung. Auf unserem Weg schließen sich uns mehr und mehr Truppenteile an. Zum überwiegenden Teil handelt es sich um SS-Einheiten, aber auch einige Heerestruppen und sogar Luftwaffeneinheiten sind dabei. Anscheinend gibt es hier keine geordnete zentrale Führung.

Als es dunkel wird, sammeln wir uns an einer großen Scheune. Unsere schweren Panzer und die Fahrzeuge sind bereits vor Ort und die Besatzungen haben sie notdürftig getarnt und in Deckung abgestellt. Es wird eine kurze Rast befohlen. Wir legen uns in ein improvisiertes Strohlager. Beinahe bin ich eingeschlafen, da donnern kräftige Schläge. Artillerieüberfall in unsere Richtung. Wurden wir entdeckt? Lieber nicht abwarten. Sofort machen wir uns wieder auf den Weg, kein Risiko eingehen. Das würde wohl nur unnötige Verluste kosten. Die abgekämpfte Truppe bleibt von diesem Feuerzauber recht unbeeindruckt. Die Einschläge sind breit gefächert und ungenau. Also wurden wir wohl nicht entdeckt und die Amis wollen nur das Gebiet abstreuen, uns nicht zur Ruhe kommen lassen und zermürben.

Übermüdet marschieren wir weiter. Bei einigen Kameraden sieht es beinahe so aus, als ob sie im Laufen schlafen würden. Vielleicht tun sie es auch. Ein Soldat lernt im Laufe der Zeit in den möglichsten und unmöglichsten Situationen und Positionen zu schlafen. Irgendwann fordert der Körper seinen Tribut.

Unser Geisterhaufen marschiert durch Suderhausen, Gillersheim und Lindau. Die Ortschaften sind alle menschenleer. Kein Einwohner lässt sich blicken. Beinahe ist diese Situation schon gruselig. Sicherlich wird der eine oder andere verstohlene Blick aus dem Inneren der Gebäude auf uns geworfen, sehen können wir davon jedoch nichts. Am Strohkrug beim Örtchen Bilshausen ist endlich wieder Halt. Die ausgepumpte Truppe rastet rund um das Gebäude eines Landproduktehandels. Wir fallen sofort in einen bleiernen Schlaf.

Als der neue Morgen anbricht, es ist der 10. April 1945, werden die Landser so weit wie möglich auf die Fahrzeuge verteilt. Endlich ist der elende Fußmarsch vorerst vorbei.

Ich und noch drei andere Kameraden finden auf einem schweren Tiger Platz, und so werden wir neben der gesprengten Oderbrücke bei Wulften über den Fluss gefahren. Ein junger Kamerad ist unvorsichtig, rutscht ab und berührt mit einer Hand die glühend heißen Auspufftöpfe des schweren Panzers. Eine sehr schmerzhafte und unschöne Verbrennung ist die Folge. Wir bereiten ihm aus einem Lappen und kaltem Wasser, welches einer der Landser noch in der Feldflasche hat, einen improvisierten Verband. Der verletzte Kamerad muss aber dennoch demnächst zum Sani.

Wir bewegen uns nach Schwiegershausen und werden auf einer Wiese am Ortsausgang Richtung Osterode gesammelt und verpflegt. Die schweren Fahrzeuge rücken wieder ab. Uns wird mitgeteilt, dass die »Festung Harz« verteidigt werden soll. Auch um die neuen Waffen, welche bald eingesetzt werden sollen, drehen sich so manche Gespräche. Wir haben hier den Feind zu halten und starke Feindkräfte zu binden, welche dann mit den neusten Waffen vernichtend geschlagen werden sollen. Je mehr Feindkräfte wir hier binden können, desto wirksamer ist dann der Gegenschlag. Ich bin ebenso gespannt wie die anderen Kameraden auch. Natürlich möchte auch ich dem Feind seine Angriffe auf zivile Ziele vergelten und ihn aus der Heimat hinauswerfen.

Wieder heißt es aufsitzen. Ich finde auf einen überladenen LKW des Typen Mercedes-Benz L-3000 Platz. Auf der offenen Ladefläche herrscht ein totales Durcheinander. Hier liegen Panzerfäuste, Handgranaten und Munition kreuz und quer. Ich fühle mich überhaupt nicht wohl.

Wenn jetzt nur ein einziges Teil hochgeht, dann ist für uns alle Himmelfahrt, denke ich mir und bin froh, als wir in unseren neuen Bereitstellungsraum, einen verlassenen Gipssteinbruch, gelangen. Ein Untersturmführer, welcher unser Kommandeur ist, weist uns ein. Wir sollen am Waldrand kurz vor der Ortschaft

Dorste Stellung beziehen. Die örtliche Bevölkerung, alte Männer, Frauen und Jugendliche sind mit dem Bau einer »Panzersperre« beschäftigt. Sie schaufeln mit geringer Motivation und mit Hilfe von Spaten, Schaufeln, Hacken und Schippen einen kleinen Wall auf. Dazu einen kleinen Graben und eine Baumsperre. Ein örtlicher Parteibonze in seiner makellosen brauen Parteiuniform überwacht die Arbeiten. Daran beteiligen tut er sich jedoch nicht. Gegen Nachmittag ist das Werk getan und sie ziehen wieder ab. Ich schau mir das Gebilde ein wenig genauer an und schüttle nur mit dem Kopf. Wenn dort ein Kampfpanzer mit der Kanone reinhaut, fliegt das Ganze auseinander. Vielleicht braucht er nicht einmal Munition verschwenden und kann mit etwas Schwung einfach durchrollen.

Kaum bin ich weg, da kommt der Parteimann mit unserem Untersturmführer im Schlepp und übergibt ihm stolz die Panzersperre. Anscheinend ist der SS-Offizier auch wenig beeindruckt von der Sperre und kommuniziert dies wohl auch dem Parteimann. Dieser verabschiedet sich nach der Unterhaltung recht schnell mit einem kühlen Gruß.

An diesem Tag und in der Nacht bleibt alles ruhig. Kein Feind lässt sich blicken. Aber am nächsten Tag, es ist der 11. April 1945, geht es los. Die Straßensperre liegt unter starkem Infanteriefeuer. Beiderseits davon liegt unsere Truppe, gedeckt vom Wald, an dessen Rand in Stellung und zur Verteidigung bereit. Verständnislos blicke ich auf die Panzersperre, welche mit einem Hagel aus Infanteriewaffen beschossen wir. So viel Aufmerksamkeit hat diese zusammengeschusterte Sperre wahrlich nicht verdient. Aber auch an Infanteriemunition herrscht beim Feind kein Mangel, und Munition sparen ist für ihn anscheinend unbekannt.

Plötzlich geht in unseren Fichtenwald eine Nebelgranate nieder. Jeder von uns weiß, was das bedeutet. Es ist das Zeichen für die Artillerie, ihr Feuer auf diesen Standort zu konzentrieren.

Anscheinend ist der feindlichen Infanterie die Situation doch zu heiß und sie gehen mal wieder auf Nummer sicher. Zwei Landser springen auf und versuchen, die Nebelgranate mit Erde, Steinen und Ästen zu bedecken, um den Nebel zu ersticken. Doch sobald sie aus ihren Stellungen rennen, werden sie von den feindlichen Soldaten unter Feuer genommen und wieder in Deckung gezwungen. Gegen einen direkten Angriff sind wir in unseren Stellungen gut geschützt, fürchten jedoch die Baumkrepierer.

Die Artillerie beginnt zu feuern und konzentriert vorhersehbarerweise ihr Wirkungsfeuer auf unsere Stellungen, da die Nebelgranaten diese sehr gut markieren. Noch haben wir keine Ausfälle durch Gefallene zu beklagen. Doch lange kann es hier nicht mehr dauern. Die Stellungen sind für uns unhaltbar. Es ist keine eigene Artillerie verfügbar, welche die feindlichen Geschütze niederkämpfen könnte. Da ertönt das Kommando: »Zurück, raus hier, bevor es zu spät ist!«

Wir rennen los. Ab in die Talsenke. Aus dem Augenwinkel sehe ich noch, wie die Artillerie nun auch die Panzersperre zerstört. Nur wenige Granaten haben dazu gereicht. In der Senke haben wir Deckung und ziehen uns Richtung Osterode zurück. Neben uns verläuft ein kleiner Fluss, doch niemand wagt es, seinen brennenden Durst zu löschen. Das Zischen, Donnern und Bersten der Granaten in den feuchten Boden sind eine sehr deutliche Warnung.

Wir kommen auf ein freies Wiesengelände. Hier fehlt uns jegliche Deckung. Wir hören ein deutliches Brummen am Himmel. Ich blicke nach oben und sehe ein Flugzeug. Es überfliegt uns, kommt zurück und kreist über uns. Das hat uns gerade noch gefehlt. Wir sprinten weiter und kommen zu einer Straßenkreuzung. Hinter einer kleinen Biegung steht ein mächtiger Kampfpanzer Tiger. Aus dem mächtigen Stahlleib steigt schwarzer Qualm. Seine Besatzung steht vor ihm. Wir halten kurz inne und blicken die Besatzung fragend an. Der Kommandant sieht wohl die Fragezeichen in unseren Gesichtern und meint trocken: »Munition verschossen und keinen Tropfen Sprit mehr.«

Er senkt den Kopf und zuckt mit den Schultern. Ohne den Blick auf uns zu richten, meint dann der Fahrer: »Ja, und damit unsere gute Berta nicht den verdammten Amis in die Hände fällt, mussten wir sie halt sprengen.«

Diese Selbstzerstörung wirkt auch auf uns sehr deprimierend. Durch Nachschubmangel haben wir an der Ostfront beinahe mehr Material verloren als durch den Feind.

Weiter geht die wilde Flucht. Wir kommen zum Gehöft »Feldbrunnen« und können erst einmal kurz durchatmen. Wir bitten einen Jugendlichen, der vielleicht 13 oder 14 Jahre ist, um etwas Wasser. Zu unserer Überraschung zeigt er auf den Brunnen und meint frech: »Da ist Wasser, holt es euch selbst.«

Da gehen einem Landser die Nerven durch. Er steht auf, lädt seine MP 40 durch und zielt auf den Burschen. Dieser schaut den Soldaten erschrocken an. Der Landser setzt dem Jungen eine kurze Garbe vielleicht 30 cm vor die Füße und wiederholt die Bitte nach Wasser. Nun bekommt der Bengel flinke Füße und bringt uns zwei große Krüge mit frischem Brunnenwasser. Als er sich zum Fortgehen umdreht, bekommt er von dem Landser noch einen kräftigen Tritt in den Hintern.

Nach dieser Erfrischung marschieren wir weiter. Am Waldrand kurz vor Osterode, am südlichen Straßenrand, sehen wir ein Bauerngehöft. Dort treffen wir auch andere Truppenteile. Genau wie wir suchen sie Schutz vor dem Artilleriebeobachter, welcher noch immer den Himmel durchzieht. Am anderen Straßenrand stehen ebenfalls einige Wirtschaftshäuser. Auf einer größeren Freifläche stehen zwei Selbstfahrlaffetten mit einem 2-cm-Vierling in Stellung. Bemannt sind sie mit recht jungen Soldaten der Luftwaffe. Plötzlich ertönt ein tiefes Brummen mit mehreren

Echos in der Luft. Unsere Blicke wenden sich sofort zum Himmel und durch die Baumkronen sehen wir einen Schwarm Jagdbomber über uns hinwegdonnern. Schon denken wir, dass sie uns nicht gesehen haben, da beschreiben sie einen großen Bogen und kommen zu uns zurück. Sie rauschen in einem flachen Winkel heran und ich erkenne noch, wie sich feurige Lanzen von ihren Flächen lösen. In einem unbeschreiblichen Tempo kommen die Geschosse auf uns zu. Ein Kamerad neben mir schreit noch: »Volle Deckung, Raketen!« Und da schlagen sie auch schon ein. Die Flak-Selbstfahrlaffetten richten ihre Geschütze auf die Jagdbomber aus. In einem schnellen Stakkato beginnen die beiden Geschütze mit ihren insgesamt acht Rohren zu feuern. Das Hämmern der Vierlinge ist ohrenbetäubend.

Die Jagdbomber vom Typ P-38 Lightning jagen nun steil in den Himmel, verfolgt von den Feuerschnüren der Flak. Sie drehen eine halbe Rolle und jagen wieder auf den Feind zu. Sie haben anscheinend die Stellungen der Selbstfahrlafetten ausgemacht und der ganze Schwarm beharkt nun die beiden Geschütze. Beim Anflug wird einem der Gabelschwanzteufel die linke Tragfläche nahe der Motorgondel abgesägt. Der Jagdbomber dreht sich unkontrolliert um die eigene Achse und bohrt sich kurz darauf in das Waldstück. Der amerikanische Flugzeugführer hatte keine Gelegenheit auszusteigen. Jedoch gibt es für uns keinen Grund zum Jubeln. Die Lightnings haben auch eine Flak ausgeschaltet. Die Bedienung liegt durchsiebt in ihrem eigenen Blut neben dem Geschütz. Der Richtschütze ist, tödlich getroffen, in seinem Sitz zusammengesackt. Beim Überflug unserer Stellungen wird noch eine Maschine von der zweiten Flak in die rechte Motorgondel getroffen. Sofort bildet sich eine schwarze Rauchfahne hinter dem Flugzeug. Es schert aus dem Verband aus und nimmt einen Kurz nach Westen. Ob und wo es runter geht, kann ich leider nicht beobachten. Doch die restlichen P-38 kommen zurück und feuern auf die letzte verbliebene Flak. Das Sd.Kfz 7 erhält mehrere Treffer, doch die Flak feuert weiter und erzielt ebenfalls mehrere Treffer. Schon denken wir, dass wir dieses Gefecht heil überstehen können, da donnert es aus Richtung West oder Südwest auf. Unmittelbar danach schlagen schwere Granaten bei uns ein. Anscheinend hat die Artillerie der Amerikaner das Schauspiel ihrer Kameraden der Lüfte genau verfolgt und schaltet sich nun ein. Oder aber die Flugzeugführer haben die Artillerie angefunkt, da ihnen zwei Verluste eventuell reichen.

Ununterbrochen hagelt es sich nun auf uns ein. Wieder gibt es zahlreiche Baumkrepierer. Unmittelbar neben mir erwischt es einen Kameraden. Er sackt schreiend zusammen. Ich beuge mich über ihn und erkenne, dass er einen schweren Treffer erhalten hat. Ein Splitter hat seine rechte Schulter zertrümmert. Inzwischen haben die Gabelschwanzteufel auch die letzte Flak zum Schweigen gebracht und können nun ungestört ihrem Vernichtungswerk nachgehen. Durch den Artilleriebeschuss hat sich auch das Kronendach des Waldes gelichtet, sodass sie eine bessere Sicht auf uns haben. Es bleibt uns nichts anderes übrig, als zu verschwinden. Ich und ein zweiter Kamerad nehmen den Verwundeten, welcher ununterbrochen vor Schmerzen schreit, in unsere Mitte und wir laufen die Straße hinunter. Mit uns flüchten noch eine große Anzahl Soldaten. Dort, am Ende der Straße, entdecken wir einen Gewölbeeingang. Hier haben sich bereits einige Soldaten und Zivilisten in Sicherheit gebracht. Auch wir suchen uns eine freie Stelle und legen unseren verwundeten Kameraden möglichst bequem hin. Er hat aufgehört zu schreien, stöhnt nur noch leise vor sich hin. Ich öffne seine Uniformjacke und sehe nun die ganze Bescherung. Doch außer ein paar Verbandspäckchen haben wir nichts, um ihm zu helfen. Eine widerliche Situation, wollen wir doch dem verwundeten Kameraden helfen.

Das Artilleriefeuer hat anscheinend aufgehört. Auch von den Jabos ist nichts mehr zu hören. Zögernd verlassen die ersten

Landser die Höhle. Keiner weiß, was draußen vor sich geht, vielleicht steht der Ami bereits vor dem Eingang und wartet nur darauf, dass wir rauskommen, um uns zu kassieren. Doch so schnell kommt der Ami nun auch nicht vorwärts. Ein anderer Landser berichtet uns, dass eine amerikanische Kampfgruppe, welche uns bei Marke umgehen wollte, angegriffen worden sei und einige Späh- und Schützenpanzer sowie mehrere Soldaten eingebüßt hätte. Dies habe den Vormarsch des Feindes erheblich verzögert und er sei mit seinem Vormarsch vorsichtiger geworden.

Ich mache mir meine eigenen Gedanken: *Wie soll das nun in der »Festung Harz« weitergehen? Jeder führt Krieg auf eigene Faust?*

Keine besonders verlockenden Aussichten.

Neben uns sitzt ein junger Luftwaffensoldat. Er bittet uns, sich uns anschließen zu dürfen. Seine Einheit wurde in einem Infanteriegefecht völlig aufgerieben. Er war der einzige Überlebende. Seine Einheit gehörte ursprünglich zu einer Bodenorganisationseinheit eines Fliegerhorsts und wurden ohne entsprechende Ausbildung hier in den Kampf geworfen.

Wir zögern, den Unterstand zu verlassen. Keineswegs aus Angst, aber wir stellen uns die Frage, was wir mit dem verwundeten Kameraden machen sollen? Einfach hier liegenlassen, können und wollen wir ihn nicht. Mitschleppen geht auch nicht. Da müssen wir uns doch tatsächlich von zwei älteren Zivilisten der Feigheit beschuldigen lassen. Es sind Teilnehmer des ersten Großen Krieges. Sie kritisieren uns dafür, dass wir noch hier warten. Werfen uns sogar vor, dass wir uns womöglich hier gefangen nehmen lassen wollen. Im Großen Krieg hätten sie sich auch nicht verkrochen und auf die Gefangennahme gewartet. Sie seien zum Sturmangriff angetreten.

Eine kalte Wut steigt in mir auf. Gewiss möchte ich mich nicht ergeben. Doch fühle ich mich für den Verwundeten verantwortlich. Bevor es zu einer ernsthaften

Auseinandersetzung mit den beiden alten Kriegern kommen kann, meint eine ältere Frau, dass es in der Nähe von Petershütte in einem Gipsstollen einen Sanitätsunterstand gebe. Sofort springe ich auf und gehe mit festem Schritt zu den beiden Veteranen. Ich baue mich vor ihnen auf und schaue ihnen fest in die Augen.

»So, meine Herren, damit wir weiterkämpfen können, vertrauen wir Ihnen unseren verwundeten Kameraden an. Sie bringen ihn zum Verbandsplatz.«

Als einer der Männer aufbegehren will, unterbreche ich ihn barsch: »Ich will keine Widerworte hören. Dort drüben steht eine Schubkarre. Legen Sie ihn dort hinein. Wenn ich hören sollte, dass ihr ihn in Stich gelassen habt oder ihn nicht zu den Sanitätern gebracht habt, werde ich euch finden!«

Ich drehe mich um und gehe gemeinsam mit den beiden Kameraden von SS und Luftwaffe hinaus.

Die meisten Truppen sind bereits abgezogen. Nun machen auch wir uns auf die Spur. Ich will wieder Anschluss an die Waffen-SS-Einheit finden.

Das Schicksal führt uns nach Osterode. Aber auf dem Weg dorthin müssen wir wieder über eine größere Freifläche. Es ist ein merkwürdiges Gefühl. Der Feind wird uns im Nacken sitzen, in Osterode jedoch wird er hoffentlich noch nicht sein. Das hätten wir doch bemerkt. Aber Osterode liegt seelenruhig vor uns. Keinerlei Anzeichen von Kämpfen oder feindlichen Truppen. Vor uns sehen wir bereits die Sösebrücke.

Plötzlich donnert eine gewaltige Detonation. Wir werfen uns in den feuchten Dreck und müssen uns vor herumfliegenden Gesteinsbrocken und Erde schützen. Kurzzeitig vermute ich, dass doch Feindkräfte vor uns stehen und uns beschießen. Doch dann sehen wir den wahren Grund. Unmittelbar vor uns wurde die Brücke gesprengt. Ein Glück, dass wir nicht ein wenig schneller waren. Wir schauen uns um und erkennen das Ausmaß der Zerstörung. Die umliegenden Gebäude wurden arg in Mitleidenschaft gezogen. Durch die Explosion in unserer nächsten Nähe noch etwas wacklig auf den Beinen, halten wir Ausschau, wie wir nun über die Söse kommen. Glücklicherweise ist die Brücke trotz der mächtigen Detonation so zusammengefallen, dass es uns mit einigen Sprüngen und etwas Geschick gelingt, rüberzukommen.

Wir drei schleichen weiter durch Osterode. Kein Feind in Sicht, kein Schuss fällt. Auch von den Einwohnern ist niemand mehr auf der Straße. Der Kamerad von der Waffen-SS, welcher den Rang eines Rottenführers bekleidet, spricht aus, was wir alle denken: »Als ob der Frieden ausgebrochen wäre.«

Wir schleichen weiter durch die Stadt. Es ist ein merkwürdig bedrückendes Bild. Wir kommen an einer leerstehenden Lagerhalle vorbei, als uns plötzlich ein Hauptmann mit gezogener Pistole entgegenläuft. Er baut sich vor uns auf und es folgte das Übliche: »Wer und Wohin?«

Wir salutieren vorschriftsmäßig und berichten vom Gefecht bei Dorste, der Kompanie der Waffen-SS, welcher wir uns angeschlossen haben, und dem letzten Gefecht vor Osterode. Dem Hauptmann, der die Waffenfarbe der Nachschubtruppen trägt, beeindruckt unser Bericht recht wenig. Er meint irgendwas von Versprengten und dass er uns vereinnahmen wolle. Wir sollen uns in die Lagerhalle begeben, denn dort werden alle Truppen gesammelt, um Osterode zu verteidigen.

Wir gehen wie befohlen erstmal in die Halle. Dort sind schon etliche Truppen versammelt. Ich erkenne Uniformen des Heeres, der Waffen-SS, der Luftwaffe, und sogar einen Uniformträger der Polizei sehe ich.

Ich wende mich zu meinen beiden Kameraden und meine leise: »Das ist also die Festung Harz? Ich hab keinerlei Verteidigungsmaßnahmen gesehen, gehört habe ich auch nichts. Wahrscheinlich gibt es gar keine. Dann noch diese ganzen zusammengewürfelten Haufen. Hier führt jeder Krieg auf eigene Faust und dann erst dieser Etappenhengst. Wer weiß, wann der das letzte Mal tatsächlich vor dem Feind stand. So, wie der mir vorkommt, hat er den Krieg gemütlich in der Heimat verbracht. Ich bin der Meinung, dass wir hier schnelle Beine machen sollten und uns auf Französisch verabschieden.« Meine Kameraden nicken zustimmend.

Jetzt müssen wir schnell handeln. Ich blicke mich nach dem Hauptmann um. Dieser steht wieder vor dem Haupteingang, um weitere Truppen zu kassieren. Wir verduften leise und flink durch eine kleine Hintertür. Niemand achtet auf uns drei.

Wir wagen viel, es ist für mich die vielleicht gefährlichste Situation im Krieg. Wenn uns der Hauptmann erwischt, dann kann er uns ohne viele Umstände wegen Fahnenflucht und Befehlsverweigerung an die Wand stellen oder an der nächsten Laterne aufhängen lassen. So etwas habe ich leider im letzten Jahr des Öfteren gesehen. Irgendwelche Landser, die an einem Baum oder eine Laterne aufgeknüpft wurden, ein Schild um den Hals hatten, auf dem markige Sprüche geschrieben standen wie »Ich bin ein Feigling« oder »So sterben alle Vaterlandsverräter«. Dann wurden diese armen Gestalten zur Warnung hängengelassen.

Wir sind keine 200 Meter gekommen, da schreitet eine Gestalt aus einer provisorischen Deckung auf uns zu. Es ist ein Unteroffizier und auch dieser fragt uns das obligatorische »Wer und Wohin«. Dienstrangmäßig müsste ich ihm keinerlei Auskünfte erteilen, doch geben wir ihm die gewünschten Informationen, und als Einheit gebe ich die Waffen-SS-Einheit an. Der fremde Unteroffizier ist etwas verwundert. Ob wir denn dem Herrn Hauptmann nicht begegnet seien, fragt er. Wir verneinen und meinen, dass wir keinem Hauptmann begegnet seien. Der Unteroffizier findet dies sehr komisch und meint: »Ich wurde von einem Hauptmann dort vorn an der alten Lagerhalle angehalten. Ich und meine Einheit sollten hier Stellung beziehen, da Osterode verteidigt werden soll.«

Nun wird es mir zu dumm. Ich meine betont militärisch: »Unteroffizier, davon weiß ich nichts. Es geht mich auch nichts an. Meine Befehle lauten anders und wir unterstehen der Waffen-SS und nicht der Wehrmacht! Sehr gern können sie sich bei unserem Kommandeur, einem SS-Obersturmführer, erkundigen!«

Nach dieser Ansage gehen wir einfach weiter und lassen einen verblüfften und verunsicherten Unteroffizier zurück. Nachdem wir um eine kleine Ecke gebogen sind, atmen wir erstmal tief durch. Wenn das schief gegangen wäre …

Wir verlassen Osterode in Richtung der Ortschaft Freiheit. Wir sind beinahe aus der Stadt hinaus, als wir an einem Berghang einige Ein- und Zweifamilienhäuser sehen. Da wir schon eine gefühlte Ewigkeit nichts mehr gegessen und getrunken haben, wollen wir schauen, ob wir nicht bei den Bewohnern etwas bekommen können. Wir nähern uns den Häusern. Aus einem Einfamilienhaus im Untergeschoss blickt ein alter Mann heraus. Er fragt uns, ob Osterode verteidigt werde, wo wohl der Feind stehe und wann den Schluss sei.

Wir versuchen die Leute zu beruhigen. Erläutern, dass es kaum nennenswerte Verteidigungsmaßnahmen in Osterode gebe, daher an eine wirksame Verteidigung nicht zu denken sei. Also werden die Kämpfe hier wohl nicht lange dauern. Hinter dem Alten stehen zwei Frauen. Wir fragen höfflich nach etwas zu trinken und eventuell etwas Brot zu essen. Wir bekommen einen großen Krug Wasser und einen guten Laib Brot gereicht. Wir lassen es uns voller Genuss schmecken. Zum Schluss bekommen wir noch eine halbe Flasche eines heimischen Kräuterschnapses. Wir teilen ihn auf und füllen die Feldflaschen auf. Als ich dem jungen Luftwaffensoldaten etwas in die Feldflasche gießen möchte, da sehe ich entsetzt, dass diese völlig durchlöchert ist.

Genauso wie die Rückseite seiner Feldjacke und seiner Uniformhose. Er selbst hat jedoch nicht den kleinsten Kratzer abbekommen. Glück muss der Mensch haben.

Wir marschieren weiter und unterhalten uns ungezwungen. Dadurch werden wir anscheinend etwas zu unvorsichtig. Zu spät erkennen wir den Stander, auf dem das taktische Zeichen einer Panzerabteilung prangert, vor einem Gebäude. Da werden wir schon von einem Soldaten angerufen und herangewunken. Wir sollen uns beim Kommandeur melden.

Der Soldat begleitet uns in das Gebäude. Dort sitzt ein Major in schwarzer Panzeruniform in einem Sessel, hinter einem improvisierten Schreibtisch. Wieder kommen die üblichen Fragen, welche wir in letzter Zeit mehr als genug beantworten mussten. Wieder geben wir Auskunft und nennen auch wieder die SS-Einheit. Der gemütlich wirkende Major, welcher mit dem Panzerkampfabzeichen in Silber und dem Eisernen Kreuzen I. und II. Klasse ausgezeichnet ist, teilt uns mit, dass die von uns gesuchte Einheit morgen hier erwartet wird. Sein Stabsquartier dient momentan als Sammelstelle für alle möglichen Versprengten. Wir sollen uns eine ruhige Ecke suchen und warten. Der Kommandeur wird uns dann mit Sicherheit mitnehmen. Wir gehen wieder raus und ich überlege, dass eine französische Verabschiedung wie in Osterode hier nicht ratsam ist.

Nach und nach treffen immer mehr Truppen ein. Hauptsächlich sind es Wehrmachtseinheiten, aber auch ein paar Einheiten der Waffen-SS.

Wir suchen uns eine Stelle zum Schlafen, legen unsere Waffen und Ausrüstung ab, lassen uns den Kräuterschnaps schmecken und sind dann auch sehr schnell eingeschlafen.

Im Morgengrauen des 12. April 1945 herrscht Aufbruchsstimmung. Ich greife nach meinem Gewehr und – und finde es nicht mehr. Stattdessen liegt dort ein alter Karabiner 98k mit Zielvisiereinrichtung, also in Scharfschützenausführung. Da hat doch tatsächlich irgendein Lump mein gutes Gewehr gegen dieses Modell getauscht. Für meine Zwecke ist diese schwere Kanone vollkommen ungeeignet. Auf dem Gelände des Stabes ist nun ein einziges Kommen und Gehen. Niemand nimmt Notiz von uns. Wir versuchen ebenfalls möglichst unauffällig zu sein. Wir machen Waffen- und Uniformpflege und tun auch sonst auf geschäftig. Vor allem gehen wir Offizieren möglichst aus dem Weg.

Gegen Mittag erscheint ein hoher Offizier der Waffen-SS in einem VW Kübelwagen. An seinem Hals kann ich das Ritterkreuz mit Eichenlaub sehen. Das wird wohl der besagte Kommandeur sein. Er schaut sich den wilden Heerhaufen genau an, mustert den einen oder anderen Soldaten. Bei seinem Anblick kommt mir sofort das Wort des »Verheizens« in den Sinn. Sein kalter Blick streift auch uns. Er blickt prüfend und abwägend. Es läuft mir kalt den Rücken hinunter. Aber er scheint unschlüssig. Durch unsere Geschäftigkeit, dem Hin- und Herlaufen, der Waffenpflege und wohl auch durch die Spezialisierung anhand meines Scharfschützengewehrs für Angehörige des Stabes des Majors.

Nun bin ich mir sicher, dass dies der besagte Offizier ist, welcher uns nach Meinung des Majors mitnehmen wird. Der Major rechnete wohl damit, dass wir uns freudig bei dem SS-Offizier melden würden. Doch das habe ich keineswegs vor. Auch der junge Luftwaffensoldat macht keinerlei Anstalten, sich dem SS-Führer anzuschließen. Einzig der Rottenführer begibt sich, nachdem er sich von uns verabschiedete, zu diesem Offizier und reiht sich wieder bei seinen Kameraden ein. Diese Entscheidung kann ich natürlich nachvollziehen, denn auch ich möchte ja wieder zu meiner eigenen Truppe.

Nach kurzer Zeit begibt sich der Eichenlaubträger wieder in seinen Kübelwagen und die rekrutierten Soldaten besteigen ein Sd.Kfz 251 und einen LKW des Typs Opel Blitz.

Wir und einige andere Soldaten des Heeres und der Luftwaffe bleiben zurück. Doch viel Ruhe ist uns nicht vergönnt. Kurze Zeit später erscheint noch ein Schützenpanzerwagen. Nun heißt es auch für uns einsteigen. Ich bin von dieser Option alles andere als begeistert. Der Schützenpanzer ist für 10 Mann im hinteren Teil ausgelegt. Doch wir sind 16 Mann. Das ist mir eindeutig zu eng. Wenn wir unter Beschuss geraten sollten, wäre es nicht möglich, rechtzeitig rauszukommen. Ich bin lieber Herr meiner eigenen Lage.

Glücklicherweise hält auf einmal ein Kradmelder des Panzermajors neben mir und scheint meine Gedanken lesen zu können. Er grüßt locker und meint: »Na, suchen Sie eine Mitfahrgelegenheit?«

Ich grüße ebenso leicht zurück, schaue mir die Maschine an, auf der er sitzt, und nicke ihm zu. Er fährt eine altersschwache BMW R75 mit Beiwagen. Anscheinend hat die Maschine auch schon bessere Tage erlebt. Dennoch ist es besser als auf dem überladenen Metallsarg. Ich werfe meinen Rucksack in den Beiwagen und setze mich ebenfalls hinein. Mein junger Kamerad der Luftwaffe ist über meine Entscheidung nicht erfreut. Doch ich kann ihn beruhigen, denn wir haben ja wohl das gleiche Ziel: die nächste Schlacht.

Es geht weiter, doch nicht lange. Vor uns kommt es zu einer Stauung auf dem Vormarschweg. Eine Panzereinheit kreuzt unseren Weg. Sie haben Vormarschrecht. Ich bin überrascht, dass hier so viele gepanzerte Fahrzeuge sind. Ich erkenne Panzer IV und Sturmgeschütze des Typs III und IV. Den Divisionsabzeichen nach, handelt es sich um Panzer der 116. Panzerdivision. Ich frage den Kradmelder, ob es sich tatsächlich um diese Division handele. Er meint trocken: »Jawoll, das sind die Windhunde der 116. oder eher das, was von ihnen übrig ist. Der Großteil wurde im Ruhr-Kessel vernichtet.«

Da kommt unversehens ein älterer Gefreiter mit einem jungen Zivilisten im Schlepp an. Er übergibt den Zivilisten einem Leutnant und erklärt, er habe ihn ohne Papiere irgendwo aufgegriffen. Der Gefreite hält ihn für einen Deserteur. Aber ist er wirklich ein Fahnenflüchtiger? Der junge Mann beteuert, dass er ganz offiziell auf Sonderurlaub für Bombengeschädigte sei. Seine Papiere habe er in der neuen Unterkunft seiner Familie gelassen. Der Offizier hört sich die Geschichte des jungen Mannes an. Auch ich höre zu. Ob sie stimmt? Ich kann es nicht einschätzen. Der Leutnant schickt ihn fort, er soll seine Papiere holen und sofort wiederkommen. Ich glaube, wir denken alle dasselbe. Wir werden den Mann in Zivil wohl nicht mehr sehen und er hat Glück, dass er an einen vernünftigen Offizier geraten ist. Andere hätten kurzen Prozess gemacht und ihn am nächsten Baum wegen Fahnenflucht aufgeknüpft. Sowas geht heutzutage schnell. Wer ständig auf der Flucht ist, vom Feind gehetzt wird und sogar gute Kameraden zurücklassen muss, dem bedeutet das Leben eines Fahnenflüchtigen, ob nun echt oder nicht, nicht viel.

Schon denken wir, dass die Situation erledigt ist, da holt der übermotivierte Gefreite ein fabrikneues EK II aus der Tasche und meint zum Leutnant, dass er es nach seinem letzten Gefecht von einem General persönlich übergeben bekommen habe. Dieser habe es danach jedoch sehr eilig gehabt und hätte es ihm nicht anheften und bestätigen können. Daher bittet er nun den verdutzten Leutnant, es ihm offiziell zu bestätigen und an die Uniform zu heften. Aber der verdutzte Leutnant macht auch dies, nach einigem Zögern. Wir schauen uns das Schauspiel staunend an. Eine Ordensverleihung mitten in einem Verkehrsstau.

Na ja, April 1945. So etwas wäre früher undenkbar gewesen, denke ich mir und zucke mit den Schultern. Der frisch dekorierte Held wird wohl demnächst noch genug Gelegenheiten haben, seinen Heldenmut zu beweisen. Hoffentlich ist er gegenüber dem Feind genauso tapfer wie gegen unbewaffnete Zivilisten.

Es geht wieder weiter, die Straße ist endlich frei. Der Melder und ich schlängeln uns quer durch das Gebirge, immer den Gebirgsstraßen entlang. Schon bald haben wir die restliche Einheit hinter uns gelassen. Mit dem Beiwagenkrad sind wir auf den engen Straßen schneller als die LKW und Schützenpanzerwagen, welche hier im Gebirge schwer zu kämpfen haben. Der Meldefahrer hat wichtige Befehle für den Tross der Panzereinheit. Von daher brauchen wir nicht auf die übrigen Fahrzeuge zu warten. Wenn die Straßen zu steil sind, müssen wir die betagte Maschine das ein- oder andere Mal auch schieben, aber sie hält tapfer durch.

Gegen Abend erreichen wir den kleinen Tross, welcher an einer Straße bei der Sösetalsperre steht. Zu meiner Überraschung und auch Freude sehe ich sogar eine dampfende Feldküche.

Hier herrscht absolute Ruhe. Keine Fahrzeuge sind zu sehen. Es laufen nur ein paar Soldaten herum.

Wir suchen zunächst einen ruhigen Platz für uns. Wir finden ihn in einem verlassenen Lager des weiblichen Reichsarbeitsdienstes ganz in der Nähe des Trosses. Leider sind die ehemaligen Bewohnerinnen, welche hier zuletzt zum Flakeinsatz und damit zum Schutz der Sösetalsperre eingesetzt waren, nicht mehr da. Doch haben sie einige nützliche Dinge zurückgelassen. Neben anderen Sachen finden wir auch zwei große Emailleschüsseln. Wir machen ein Feuer und kochen sie aus.

Nachdem das erledigt ist, gehen wir mit unseren Schüsseln zur Feldküche. Der Melder hat mir die Namen der Panzerbesatzungen genannt, welche dem Stab angehören. Wir fordern den Küchenbullen auf, unsere Schüsseln voll zu machen. Es gibt Gulasch mit Nudeln. Ich kann ordentlich Fleischstücke sehen. Der Küchenbulle ist etwas misstrauisch, doch der Meldefahrer weiß, wie er mit ihm umgehen muss. Schon kurz darauf sind unsere Schüsseln gut gefüllt. Wir begeben uns zu unserem Platz und lassen es uns schmecken. Natürlich schaffen wir diese riesige Portion nicht. Ich fülle meinen Rest in ein gefundenes Essgeschirr und lass es in meinen Rucksack wandern. Man weiß ja nie, wann man wieder so etwas Gutes bekommt, und um es verderben zu lassen, ist es mir zu schade.

Von den Panzerbesatzungen erscheint niemand, obwohl sie hier fest erwartet worden sind. Auch die anderen Fahrzeuge des Stabes erreichen den Platz nicht. Ich sehe einen Oberleutnant aufgeregt umherlaufen und höre Bruchstücke, welche er zu einem anderen Soldaten sagt. Ich höre Dinge wie »Zwei Besatzungen hätten gemeldet, dass sie von anderen Kommandeuren vereinnahmt wurden«, »Jeder führt hier Krieg, wie er will.« Und dass der zweite Soldat irgendeinem Oberst melden solle, dass man so keinen Gegenangriff führen könne. Es solle endlich mal Ordnung geschaffen und hart durchgegriffen werden.

Wir verkrümeln uns in unsere stille Ecke und verbringen dort die Nacht.

Am frühen Morgen des 13. Aprils brechen wir wieder auf. Das monotone Knattern der BMW wirkt auf mich sehr einschläfernd und ich muss aufpassen, dass ich nicht einnicke.

Wir kommen an der oberen Dammsperre der Sösetalsperre vorbei und entdecken eine Gruppe, bestehend aus vier Soldaten. Wir unterhalten uns ein wenig und erfahren beinahe beiläufig, dass sie bei Annäherung des Feindes den Damm sprengen sollen.

Unfassbar, wir sind schockiert und halten den vier Männern vor Augen, dass sie dadurch eine Flutkatastrohe auslösen würden, die mindestens bis nach Osterode branden würde, und bitten sie, das zu unterlassen. Das Staubecken ist mehr als reichlich gefüllt. Die Verwüstungen wären unbeschreiblich.

Ein älterer Obergefreiter, welcher der Ranghöchste seiner Gruppe ist, pflichtet uns bei. Er versichert uns, dass er diesen sinnlosen Zerstörungsbefehl nicht ausführen werde. Er meint jedoch, dass sie trotzdem hier vor Ort bleiben müssten. Wenn sie verschwänden und es bemerkt werde, dann würden andere diesen Befehl ausführen, denn nicht alle hätten diese Bedenken.

Wir fahren mit dem Beiwagenkrad weiter Richtung Riefensbeek- Kamschlacken und erreichen am Ortseingang die anderen Fahrzeuge des Stabes. Wer weiß, wo diese langgefahren sind. Denn am Sammelpunkt des Trosses waren sie ja nicht. Die Kolonne hält und eine große Gruppe von Landsern steht um ein Fahrzeug herum. Dort befindet sich ein großer Wehrmachtsempfänger, und sie lauschen aufmerksam einer Übertragung. Wir gesellen uns zu ihnen und werden von einer schier unglaublichen Nachricht vollkommen überrascht. Der Nachrichtensprecher berichtet doch soeben, dass der amerikanische Präsident Roosevelt tot sei! Wir können es nicht fassen. Freude steigt in den Männern auf. Das ist das Wunder, auf das wir alle gewartet haben, die Kriegswende. Nun wird der Krieg doch wohl aus sein.

Ein Feldwebel spekuliert sogar, dass, wenn die Amerikaner ausscheiden, aber die Briten und Franzosen weiterkämpfen würden, wir es trotzdem schaffen würden. Das gesamte Rüstungspotential der Amerikaner würde wegbrechen und die Franzmänner und die Tommys würden entweder zurückgeworfen werden oder müssten ebenfalls Frieden schließen. Wenn wir dann alles an die Ostfront werfen würden, könnten wir sie sicher halten, meint er. Schließlich hätten wir es auch in der Vergangenheit geschafft, starke Offensivstöße vom Zaun zu brechen. Er erinnert an die Ardennenoffensive zum Jahreswechsel, die Offensive im Elsass oder an der Ostfront die Offensive am Plattensee. Die Wehrmacht sei immer wieder für

Überraschungen gut. Wer weiß schon, was die Führung noch in der Hinterhand habe.

Ich bin mir bei diesen Sachen jedoch nicht so sicher. Diese ganzen Offensiven haben auch gewaltige Verluste an Menschen und Material eingebracht, welche jetzt vielleicht fehlen, und wir daher einfach nicht mehr die Kraft haben, offensiv zu werden. Schließlich ging hier im Westen erst die Heeresgruppe B von Generalfeldmarschall Model verloren und nun sitzen wir wohl auch bald in einem Kessel.

Jedoch kann ich es auch nicht verhindern, dass auch in mir Freude und Hoffnung aufsteigt. Denn haben wir nicht in der Vergangenheit schon unglaubliche technische Errungenschaften an die Front gebracht? Mir gehen da nur die Höllenhunde V1 und die V2 durch den Kopf. Auch die Turbos der Luftwaffe, von denen ich von einem Luftwaffenangehörigen einmal erfahren habe, sollen wahre Wunderdinger sein. Warum diese jedoch nicht bereits in Massen gegen die feindlichen Bomberflotten eingesetzt werden, kann ich mir nicht erklären. Wir diskutieren alle aufgeregt miteinander über diese Neuigkeiten, jeder weiß noch etwas draufzusetzen. Natürlich machen auch die tollsten Latrinenparolen die Runde. Manch einer meint sogar, dass er aus sicherer Quelle von Verhandlungen über einen Separatfrieden im Westen wisse.

Auf einmal fährt ein Einheits-PKW an uns heran und hält auf unserer Höhe. Ein Obergefreiter aus dem Gefolge des Stabes unseres Majors fragt mich, warum ich in einem Meldekrad sitze. Ich erläutere ihm, dass sein Major uns ja angehalten hätte, und ich nun eben zu dieser Truppe gehöre. Strenggenommen habe ich mich also nur an Befehle gehalten. Der Obergefreite meint dann grinsend zu mir, dass die altersschwache Maschine dies doch auf Dauer nicht aushalten würde und ich in den Einheits-PKW wechseln solle. Das lasse ich mir natürlich nicht zweimal sagen. Wieder verbessert sich meine Beförderungsmöglichkeit.

Zwar ist es in dem PKW recht eng. Denn nun müssen dort ja drei Personen und jede Menge Akten und Dokumente untergebracht werden, aber es ist immer noch bequemer als auf Dauer der Beiwagen. Schnell schnappe ich meinen Rucksack und versuche es mir im Einheitswagen so gemütlich wie möglich zu machen.

Kaum habe ich Platz genommen, da geht es auch schon weiter. Unsere Kolonne bewegt sich auf Dammhaus zu. Wieder blicke ich regelmäßig zum Himmel, um nach Jagdbombern Ausschau zu halten. Schließlich ist ein großer PKW nicht so schnell und manövrierfähig wie ein Beiwagenkrad. Also brauchen wir genügend Vorlaufzeit. Glücklicherweise kann ich jedoch keine amerikanischen Flieger entdecken.

Unangefochten passieren wir Dammhaus. Es geht weiter in Richtung Braunlage. Bei Stieglitz hält der Schützenpanzer mit den Kameraden und sie steigen alle aus. Sie nehmen ihr Gepäck und machen sich zum Einsatz bereit. Sie verschwinden im Unterholz. Der Gedanke kommt mir, dass dort doch auch der junge Luftwaffensoldat sein müsste. Ich kann ihn jedoch nicht sehen. Wie mag ihm wohl zumute sein? Er befindet sich nun genau in der Situation, in die ich nie geraten wollte. Allein in einem zusammengewürfelten Haufen ohne Gemeinschaftsgefühl, befehligt von Offizieren, die man nicht kennt. Erschwerend kommt bei ihm noch hinzu, dass er keine großen Fronterfahrungen hat.

Der Fahrer und auch die anderen Fahrzeuge des Stabes vom Panzermajor haben es sehr eilig weiterzukommen. Plötzlich und unerwartet, kurz vor Königskrug, entdecken uns dann doch noch amerikanische Jagdbomber. Sie stoßen aus einer Wolkenlücke heraus auf die Fahrzeugkolonne hernieder. Eine Drillingsflak auf Selbstfahrlaffette, die in unserer Nähe steht, eröffnet das Feuer auf die Angreifer. Schon beim ersten Anflug wird ein feindlicher Jagdbomber vom Typ P-47 Thunderbolt getroffen. Er explodiert in einer schmutzig schwarzen

Qualmwolke. Durch den Splitterregen wird eine zweite Maschine beschädigt. Sie zeigt eine graue Rauchwolke auf der Unterseite der mächtigen Motorpartie und schert aus dem Verband aus. Die restlichen Maschinen feuern jedoch aus allen Kanonen ,und das sind bei den Thunderbolt nicht wenige. Ein LKW wird getroffen und durchsiebt. Mehrere Landser werden getroffen, der LKW beginnt zu brennen. Beim Abdrehen nach dem Angriff erwischt die Flak einen weiteren Jagdbomber. Seine rechte Tragfläche wird durchsiebt und demontiert sich kurz darauf. Der Flugzeugführer verliert die Kontrolle über die Maschine und sie schmiert ab. Wir hören eine Explosion und können in der Nähe einen Aufschlagbrand sehen. Mit so viel Gegenwehr haben die Herren der Lüfte wohl nicht gerechnet. Verfolgt von den Feuerschnüren der Drillingsflak gehen die Jabos erstmal auf Distanz.

Traurigerweise ist die leichte Flak auf Selbstfahrlafette der einzige Gegner, welcher den Jagdbombern gefährlich werden kann. Nun sind die verfluchten Jabos außer Reichweiter der leichten Flak, schwere Geschütze sind hier jedoch Mangelware und die eigene Luftwaffe habe ich schon ewig nicht mehr zu Gesicht bekommen und hier im Harz schon gar nicht mehr.

Kurz vor Braunlage ist wieder Halt. Da sieht mich der Panzermajor auf einem seiner Stabsfahrzeug sitzen und schaut mich verwundert an.

»Was machen Sie den da auf meinem Fahrzeug? Wie kommen Sie hierher und warum haben sie sich nicht beim Kommandeur der Waffen-SS gemeldet?«, sind seine Fragen. Gehorsams erkläre ich ihm, er hätte ja nur gesagt, dass der Offizier der Waffen-SS uns mitnehmen würde. Das jedoch habe dieser nicht getan. Das wir uns bei ihm melden sollen, sei uns nicht befohlen worden. Der Panzermajor ist sprachlos. Er erkennt jedoch sehr schnell, dass er tatsächlich keinen Befehl gegeben hat, der besagt, wir sollen uns melden. Nun fragt er mich, wo ich denn überhaupt hinwolle. Ich erkläre ihm, dass ich zurück zu meiner Einheit an der Ostfront wolle und zeige ihm meine Papiere. Offiziell sei ich ja sogar noch im Urlaub und müsste gar nicht bei einer anderen Kampfeinheit sein. Ungläubig schaut er mich an, findet seine Fassung jedoch recht schnell wieder und beginnt zu lachen: »Na, Sie machen mir ja ein Spaß. Im Moment weiß keiner, wo genau die Front hier im Harz verläuft. Das Kampfgeschehen ist vollkommen unübersichtlich. Mit einiger Wahrscheinlichkeit sind wir wohl schon in Nord und Süd umgangen und im schlimmsten Fall sogar schon eingekesselt. Darüber hinaus weiß hier niemand genau, wo entlang die Ostfront gerad verläuft. Nach meinen letzten Meldungen steht der Russe noch immer an der Oder, aber wie lange noch, weiß keiner. Weiter südlich stehen die Russen in und bei Wien. Wie wollen Sie überhaupt dorthin kommen?«

Weiter teilt der Major mir mit, dass ich nicht weiter mitfahren könne, und befiehlt mir, mich bei der Kommandantur in Braunlage zu melden. Ich mache eine zackige Ehrenbezeichnung, nehme mein Gepäck und meine Waffe und marschiere zu Fuß Richtung Braunlage. Die Stabskolonne samt Major fährt weiter. Schnell sind sie meinem Blick entschwunden.

Nach kurzem Marsch überlege ich mir, was ich denn eigentlich in Braunlage soll. Kurzentschlossen mache ich kehrt und marschiere zurück in Richtung Front. Unterwegs begegne ich so manchem anderen Landser. Wir tauschen einige Informationen aus. Einige der versprengten Kameraden sind der Meinung, dass der Harz nun tatsächlich bereits von Feindkräften umschlossen ist. Na, das sind ja tolle Aussichten. Ich muss also erst die deutsche Frontlinie durchbrechen und dann auch noch die amerikanische. Wo aber wird dies am sichersten gehen? Keinesfalls möchte ich in Gefangenschaft geraten. Aber es muss einfach noch einige undichte Stellen in den Fronten geben. Man müsste jetzt noch durch die Kampflinie kommen. Sie kann unmöglich bereits dicht sein. Falls man überhaupt noch von einer Kampflinie sprechen kann. Ich bezweifle, dass die deutschen Kräfte noch in der Lage sind, durchgängige Fronten um den kompletten Harz herum zu bilden.

Nach ein paar Kilometern überholt mich ein bespannter Wagen. Er wird von zwei müden Pferden gezogen. Ich halte den Wagen an und frage, ob die beiden Landser, welche darauf sitzen, mich ein wenig mitnehmen können. Sie stimmen zu und ich setze mich hinten auf den Wagen. Wir kommen an einem umgestürzten PKW vorbei. Vermutlich auch ein Opfer der verfluchten Jabos. Das Fahrzeug weist mehrere Einschusslöcher von schweren Maschinengewehren auf. Der Kutschenführer, ein gemütlicher Norddeutscher, stellt in breitester Mundart fest: »Ah, so sieht also ein Auto von unten aus. Das wollte ich schon immer mal sehen.«

Galgenhumor, denke ich mir, sage aber nichts dazu. Jeder hat halt eine andere Art, mit der angespannten Lage, in der wir uns befinden, fertig zu werden. Lieber halte ich Ausschau nach eben jenen verfluchten Jagdbombern, denn schließlich können sie ja jederzeit wieder auftauchen und dann geht der ganze Zauber von vorne los. Auf jedem Fall habe ich nicht das Bedürfnis, ihr nächstes Opfer zu werden.

Nach einigen Stunden kommen wir wieder an der Waldlichtung bei Stieglitzecke vorbei, wo die Mannschaft des Sd.Kfz 251 ausstieg. Von ihnen ist nichts mehr zu sehen. Auch nicht von dem jungen Kameraden der Luftwaffe. Wie mag es ihm wohl ergangen sein? Ob er überhaupt noch lebt? Ich konnte in den letzten Stunden jedenfalls keinerlei größeren Gefechtslärm vernehmen.

Der Kutscher will eine Richtung einschlagen, die mir nicht behagt. Ich verabschiede mich und springe vom Wagen. Kaum haben wir uns getrennt und ich bin von der Kreuzung weg, da ertönt ein gewaltiger Feuerschlag. Die feindliche Artillerie legt anscheinend Störfeuer auf wichtige Verkehrsknoten in der Gegend und die Kreuzung ist nun ihr Ziel. Eine Unzahl mittlerer und schwerer Artilleriegranaten schlägt auf der Kreuzung und dem näheren Umfeld ein. Wieder einmal Glück gehabt. Ein paar Minuten langsamer und es hätte mich erwischt.

Auf meinem Marsch schließen sich mir noch einige andere Soldaten an. Es sind alles Versprengte, die auf der Suche nach ihren Einheiten sind und keine Lust verspüren, sich vom allgegenwärtigen Heldenklau kassieren zu lassen oder dem Ami in die Hände zu fallen. Wir entdecken gegen Abend eine kleine Waldhütte, umgeben von Fichten. Ein unglaublich friedlicher Anblick in dieser Zeit. Sie sieht beinahe malerisch aus, diese Hütte, gelegen an der Söse.

Wir beschließen hier zu übernachten. Jeder von uns sucht sich eine eigene Ecke und schnell ist die Hütte von einem vielkehligen Schnarchen erfüllt.

Der 14. April zieht auf, wir marschieren frühzeitig weiter. Das Forsthaus Schluft kommt in Sicht. Wir pirschen uns vorsichtig heran. Es ist für uns kein Problem, uns beinahe lautlos an Gebäude heranzuschleichen, es scheinen alles erfahrene Landser bei mir zu sein. Als wir fast da sind, kommt eine junge Frau aus der Hütte. Sofort fällt die Anspannung von uns ab. Wir nähern uns nun ganz offen. Die Frau meint zu uns, wir sollen lieber ganz schnell wieder abhauen. In Kürze sei der Ami hier. Sie versteckt sich mit einigen anderen in einem nahegelegenen Bergwerksstollen, um in Sicherheit zu sein und dem Ami nicht zu begegnen.

Nun ist guter Rat teuer. Keiner der Kameraden will in Gefangenschaft geraten. Jeder hat andere Pläne. Einige, deren Einheiten teilweise auch außerhalb des Kessels sind und vom Vormarsch der Amerikaner auseinandergerissen wurden, wollen nun aus der Umklammerung raus, andere zu ihren Einheiten, die im Kessel sind, zurück. Die Gruppe teilt sich auf. Die Kameraden, deren Einheiten im Harzer Kessel liegen, versuchen nun wieder zu diesen aufzuschließen.

Für die zweite Gruppe, zu der auch ich mich zähle, da meine Stammeinheit ja an der Ostfront steht, wird es nun haarig. Sollen wir also den Durchbruch versuchen? Vielleicht ist es in der Dämmerung möglich? Oder lieber warten, sich irgendwo verstecken, hoffen, dass wir vom Ami nicht entdeckt werden, und darauf bauen, dass die Front schon irgendwann über uns drüber wegrollt? Wir beschließen, die Dämmerung abzuwarten und es dann zu wagen. Bis dahin wollen wir uns einen sicheren Unterschlupf suchen.

Am späten Nachmittag hören wir leichten Gefechtslärm aus Richtung des Höhenzuges »Auf dem Acker«. Wir schlagen uns ins Unterholz und entdecken, mehr durch Zufall, eine alte Hütte, welche völlig mit Fichtenzweigen und Moos bedeckt ist. Eine perfekte Tarnung! Anscheinend war in der Hütte schon ewig niemand mehr und die Witterung und Vegetation hat für diese beeindruckende Tarnung gesorgt.

Zwei Wehrmachtshelferinnen erscheinen im Eingang und winken uns unbekümmert zu. Auch einige Soldaten zeigen sich nun dahinter. Wollen die hier etwa das Ende oder die Gefangenschaft abwarten? Zwei meiner Kameraden erscheint diese Vorstellung plötzlich gar nicht mehr so ungelegen zu kommen. Anscheinend wirkt die Aussicht auf etwas weibliche Gesellschaft wahre Wunder. Sie werfen ihre Waffe achtlos weg und begeben sich nun ebenfalls in die Hütte. Unfassbar, ich schüttle ob dieser Handlung nur ungläubig mit dem Kopf.

Zusammen mit einigen Kameraden umgehe ich die Hütte und so auch den Gefechtslärm weiträumig. Schließlich haben die beiden Kameraden, welche sich nun den Hüttenbewohnern angeschlossen haben, Kenntnis von unserem Plan. Wenn sie von den Amis kassiert werden, ist es gut möglich, dass sie unsere Absicht ausplaudern. Ob nun absichtlich oder nicht, spielt in dem Fall keine Rolle. Mein Entschluss steht jedenfalls fest. Ich will mich durch die Linien schlagen und der Gefangenschaft entgehen, raus aus dem Harzer Hexenkessel! Marschrichtung für mich ist vorerst Osten. Schließlich wartet dort meine Einheit.

Mein kleiner Marschkompass ist sicher in meinem Hosenbund versteckt. Dort ist er vor Entdeckungen sicher, wenn mich der Ami doch erwischen sollte. Denn auch in der Gefangenschaft lebt doch noch der Fluchtgedanke. Ohne Risiko auch keine Freiheit. Also geht es weiter. Gewehr umgehängt, Rucksack auf den Rücken und los. Meine beiden Kameraden ziehen eine Marschrichtung West vor. Das kann ich natürlich verstehen, der eine kommt aus der Gegend um Dortmund und der andere aus Aachen. Sollten sie es nicht schaffen, Anschluss an die eigene Stammeinheit zu finden, so haben sie aber doch schon einen guten Weg Richtung Heimat zurückgelegt und erreichen dann vielleicht wenigsten diese. Keiner von uns weiß schließlich, wo genau die nächsten eigenen Truppen überhaupt stehen, wo die deutsche Front außerhalb des Kessels verläuft. Schaffen sie es nicht zu den deutschen Verbänden, so ist für sie der Kampf aus, ihre Heimatstädte sind sowieso schon lange vom Feind besetzt, bereits befriedetes Hinterland und wohl leichter zu erreichen als die nächste deutsche Kampfeinheit unmittelbar an der Front.

Für mich ist es noch nicht so weit. Noch lebt der Wille zum Kampf. Meine Einheit steht im Osten vor dem Feind. Was ich dort sehen musste, hält den Wehrwillen wach. So unmenschlich kann der Amerikaner überhaupt nicht agieren, wie der Russe im deutschen Osten gewütet hat.

Der unregelmäßige Gefechtslärm flaut ab und ist dadurch nicht zu lokalisieren. Dies ist natürlich eine heikle Situation, denn nun kann ich nicht einschätzen, wo die Front verläuft.

Gerade will ich mich durch ein Gebüsch schlagen, da springt ein deutscher Leutnant mit gezogener Pistole aus dem nächsten Busch. Ohne dass ich überhaupt reagieren kann, zerrt er mich in das Gebüsch, aus dem er gerade sprang, und herrscht mich mit verhaltener Stimme an: »Sind Sie verrückt geworden, hier so einfach durch die Gegend zu spazieren? Keine 50 Meter vor uns ist ein amerikanischer Spähtrupp! Wohin wollen Sie überhaupt?«

Ich blicke in die angegebene Richtung und nun erkenne auch ich die Feinde. Sie marschieren schön im Gänsemarsch. Vorweg geht der kleinste und zum Schluss der größte von ihnen. Eine merkwürdige Gefechtsordnung.

Im selben Augenblick ertönt neben mir ein ohrenbetäubender Knall. Vor Schreck zucke ich fürchterlich zusammen. Mein Stahlhelm verrutscht auf meinen Kopf. Da habe ich doch tatsächlich den Panzer neben mir nicht bemerkt. Er ist mit Hilfe von Fichtenzweigen fast perfekt getarnt und hat gerade einen Einzelschuss mit einer Sprenggranate auf den Spähtrupp abgegeben. Einige versteckte Soldaten geben Feuerstöße in die Einschlagwolke hinein. Binnen weniger Augenblicke wurde das Leben von acht amerikanischen Soldaten ausgelöscht.

Ein Gefreiter taucht neben dem Leutnant auf und meint zu diesem: »Schnell weg, Herr Leutnant, gleich geht der Budenzauber wieder los!« Nun haben es die Soldaten der fremden Einheit eilig. Auch der Kampfpanzer rückt wieder ab. Ich folge den fremden Landsern ebenso schnell, sicher ist sicher. Sie werden schon ihren Grund für den hastigen Aufbruch haben.

Kurz darauf weiß ich dann auch, was die Einheit so zur Eile getrieben hat. Ein unglaublich intensiver Artillerieschlag deckt den Standort ein. Genau dort, wo wir gerade noch lagen, bleibt kein Stein auf dem anderen. Wir haben uns keinen Augenblick zu früh abgesetzt.

Nicht weit von dieser Position erreichen wir die Stellung der Waffen-SS-Einheit, welcher ich mich zuerst angeschlossen habe. Der Obersturmführer erkennt mich sofort wieder und freut sich ehrlich, mich munter zu sehen. Er will mich gleich zu seinen Kameraden bringen, die mich ja auch bereits kennen. Meiner

Bitte, mich vorher mit Proviant zu versorgen, kommt er sofort nach. Denn mein Essen ist schon längst verbraucht.

Bald wird es Nacht und wir liegen im Fichtendickicht in Stellung. Mein Nachtlager ist der kalte und feuchte Waldboden. Der Bergrücken, an dem wir liegen, heißt angeblich »Auf dem Acker«, das meint jedenfalls ein Kamerad, welcher aus dieser Gegend kommt.

Trotz meiner Erschöpfung ist immer nur ein kurzer Schlaf möglich, denn die Nacht ist empfindlich kalt. Dennoch bleibt in der Truppe ein Rest von Humor übrig, auch wenn es nur Galgenhumor ist. Denn ich höre aus dem Fichtendickicht einen ebenfalls schlaflosen Kampfgefährten mit gedämpfter Stimme sagen: »Und immer wieder fällt es mir ein, es ist so schön, Soldat zu sein.« Rings herum aus den Büschen dringt verhaltenes Kichern. Also sind es mehrere Kameraden, die keinen Schlaf finden können. Doch sofort kommt eine ermahnende Stimme, die zur Ruhe auffordert, denn der Feind hört mit. Doch auch dieser friert sich an diesen kalten Apriltagen den Arsch ab und denkt bestimmt an die ferne Heimat.

Als der Morgen des 15. April 1945 graut, erheben wir uns mit steifen, kaltgefrorenen Knochen. Soll es hier tatsächlich noch einmal zu einem richtigen Stellungskampf kommen? Wir hätten noch Zeit, unsere Positionen richtig vorzubereiten – die Amerikaner greifen niemals so früh an. Sie wollen nichts riskieren. Das haben sie auch nicht nötig. Ihre Spähtrupps werden unsere Stellungen bestimmt schon ausgespäht haben. Was dann folgt, kann ich mir denken. Sie werden ihren Angriff mit einem massiven Artilleriefeuerschlag vorbereiten. Und wieder wird unsere Lage unhaltbar sein, nicht zuletzt wegen der Baumkrepierer. Also ist der Befehl des Obersturmführers nur logisch: Wir sollen die Stellung verlassen.

Es geht vorbei an Oderteich. Auf unserem Weg begegnen wir immer wieder versprengte Truppenteile von Wehrmacht und

Waffen-SS, sogar einige Volkssturmleute in bunt zusammengewürfelten Uniformen aus allen Wehrmachtsteilen oder sogar gänzlich in Zivil, nur mit einer Armbinde mit der Aufschrift »Deutscher Volkssturm« versehen. Zusammen mit den restlichen Einheiten ziehen wir uns auf Braunlage zurück. Wir marschieren auf der Harzhochstraße, circa einen Kilometer südöstlich des Oderteichs kommen wir an einer Stelle vorbei, an der vor Kurzem die feindliche Artillerie massiv gewirkt haben muss. Wir erkennen mehrere zerstörte Fahrzeuge und herumliegendes Ausrüstungsmaterial. Auch mehrere Gefallene liegen hier noch. Immerhin wurden sie bereits zusammengelegt und bedeckt.

Beim Vorbeimarsch sehe ich etwas im Graben liegen, was meine Aufmerksamkeit erregt. Ich eile zu der Stelle und finde eine neue Waffe. Dort liegt doch tatsächlich ein Sturmgewehr 44. Ich nehme es auf und stelle erfreut fest, dass das Magazin noch voll ist. Wenige Meter daneben finde ich noch eine Magazintasche mit zwei weiteren Magazinen. Ich werfe meinen alten Karabiner auf einen LKW und hänge mir das Sturmgewehr um. Jetzt fühle ich mich schon etwas besser. Endlich wieder eine anständige Waffe und nicht mehr dieser alte Schießprügel!

Beim Anblick des Schlachtfeldes wird uns schmerzlich bewusst, dass der Kampf noch nicht zu Ende ist. Wenn die Artillerie oder die feindlichen Jagdbomber uns jetzt entdecken, wird unsere Kolonne auch so aussehen und so mancher Kamerad wird ebenfalls bewegungslos auf der kalten, nassen Erde liegen.

Kurz vor Königskrug, in Deckung eines alten Granitsteinbruchs, steht unsere Feldküche. Dort machen wir erst einmal Halt und werden verpflegt. Die friedliche Situation dauert jedoch nicht lange. Wir sollen oberhalb der Straße in Stellung gehen. Es ist eine Linie Achtermannshöhe-Wurmberg-Winterberg befohlen.

Den ganzen Vormittag über bleibt es wie erwartet ruhig. Am Nachmittag kommt es dann wie üblich zu vermehrter Gefechtstätigkeit. Die Amis rücken heran. Wir werden von mehreren Granatwerfern unter Feuer genommen. Wieder gibt es zahlreiche Baumkrepierer durch die hohen Fichten. Unsere Deckungslöcher, obwohl tief gegraben, bieten kaum Schutz gegen die Splitter und Äste von oben. Nach jeder verdammten Granate erklingt ein langanhaltendes Knacken und Brechen. Es stürzen beindicke Äste und ganze Baumkronen herab und erschlagen so manchen Landser in seinem Deckungsloch.

Neben mir keucht ein schwer verwundeter Unterscharführer vorbei. Es dringt ihm bei jedem Atemzug hellrotes Blut aus einer Wunde und sickert durch seine braune Flecktarnjacke. Unmittelbar in meiner Nähe sackt er zusammen. Ich springe zu ihm und zerre ihn in mein Deckungsloch. Sofort reiße ich seine Feldbluse auf und wickle mein letztes Verbandspäckchen um seine Wunde.

Plötzlich springt ein Sanitätsunteroffizier in mein Deckungsloch hinein. Damit wird es recht eng, für drei Mann ist es nicht ausgelegt. Aber in dieser Notsituation ist es nun einmal so. Er schaut sich die Wunde an und meint: »Er muss sofort hinter zum Verbandsplatz. Hier kann ich nichts für ihn tun.«.

Immer noch detonieren die Granaten der amerikanischen Werfer um uns herum. Dennoch zögere ich keine Sekunde. Wir beide packen den Kameraden und schleppen ihn nach hinten. Dort wartet ein LKW. Wir legen den keuchenden Scharführer auf die Ladefläche und er fährt ab. Meine Gedanken begleiten den Kameraden.

Mindestens 18 Granatwerfer haben sich auf unsere Stellungen eingeschossen. Durch ihre schnelle Schussfolge können sie innerhalb kürzester Zeit einen ungeheuren Granathagel auf uns herabregnen lassen. Es klingt beinahe wie Glockengeläut, wenn die Granaten auf den Granit einschlagen. Die Splitter des

Gesteins sind ebenso tödlich wie die Splitter der Granaten. Diese Erfahrung muss so mancher Soldat machen, welcher nicht durch Metall-, sondern von Gesteinsfragmente verwundet wird.

Wieder in meinem Deckungsloch angekommen, meine ich, die Stellungen der Granatwerfergruppe ausgemacht zu haben. Sie müssten sich oberhalb von Sankt Andreasberg, etwa bei Jordanshöhe, befinden. Wenn ich Recht habe, können sie unsere Stellungen teilweise einsehen. Das würde erklären, warum ihr Feuer so deckend liegt. Wenn man nur eigene Artillerie zur Verfügung hätte, dann wäre der Spuck schnell vorbei. Immer mehr Soldaten werden durch die Splitter verwundet oder getötet. Endlich kommt der Befehl zum Absetzen. Wir müssen tiefer in den Wald. Dort stehen zwar noch mehr Bäume und dadurch müssen wir noch mehr Baumkrepierer fürchten, aber dort gibt es auch Klippen, Felsen, Felsvorsprünge und Bodenvertiefungen zur Deckung.

Die US-Artillerie streut nun das Gelände ab. Der Feind hat sehr wohl mitbekommen, dass wir unsere Stellungen geräumt haben, aber anscheinend haben sie unsere Spur verloren. Neben den Artillerieeinschlägen hören wir auch das tiefe Brummen von Panzerfahrzeugen. Auch diese feuern ohne Unterlass mit Sprenggranaten in den Wald, trauen sich aber nicht tiefer hinein, da das Gelände für sie zu unübersichtlich ist.

Da kommen einige Ami-Infanteristen in lockerer Formation auf unsere Stellungen zu. Sie geben sich gegenseitig Deckung und verschwinden ab und an hinter einem Gebüsch oder einen Felsen. Doch sie wissen nicht, dass sie schon längst in unserem Visier sind. Dass der Tod in Form von deutschen Infanteriegeschossen bereits auf sie wartet. Wir lassen sie noch ein wenig näherkommen und eröffnen dann das Feuer aus dem Hinterhalt. Die Amerikaner sind völlig überrascht und haben auf dieser kurzen Distanz keine Chance, auch nur in Deckung zu gehen. Noch ehe sie überhaupt wissen, von wo sie beschossen werden, sind sie erledigt. Wir jedoch verschwinden noch weiter in den Wald hinein.

Leider haben wir wieder die Verbindung zum Hauptteil der Einheit verloren. Wir sind nur noch fünf Mann. So können wir den amerikanischen Truppen, welche nun wohl unweigerlich nachstoßen werden, keinen effektiven Widerstand leisten. Wir ziehen uns noch ein Stück weiter in den Wald zurück und suchen uns im Unterholz eine Möglichkeit zum Übernachten. Wir finden sie im Fichtendickicht. Jeder legt sich möglichst bequem auf eine mehr oder weniger gemütliche Stelle. Wachposten werden nicht gestellt, dazu sind wir alle einfach zu erschöpft. Auch gehen wir davon aus, dass dem Ami das Risiko eines Nachtangriffes im dichten Wald zu riskant sein wird.

Es ist der 16. April 1945, ein sehr kalter Morgen. Wieder war an einem durchgehenden Schlaf nicht zu denken. Daher ist die Erholung nicht sonderlich groß. Wir warten, bis sich der Morgendunst des Hochwaldes lichtet und spähen dann die nähere Umgebung aus. Nach unserer Einschätzung ist Braunlage bereits an den Feind gefallen. Wir treffen überall im Wald auf Versprengte und Resten von Truppenverbänden. Auch sie teilen unsere Einschätzung. Sie sind ratlos, suchend, aber noch immer kampfbereit. Einige schließen sich unserer kleinen Gruppe an, andere ziehen weiter ihrer Wege. Wir lassen sie auch ziehen, wollen keinen zwingen, bei uns zu bleiben.

Nach einiger Zeit haben wir die Reste der Waffen-SS-Einheit gefunden, jetzt unter der Führung eines jungen SS-Untersturmführers. Sie haben sich zusammen mit Angehörigen der Wehrmacht – ich kann sogar einen Angehörigen der Kriegsmarine sehen – gesammelt.

Es dauert nicht lange und wir vernehmen wieder die Explosionen der feindlichen Artillerie. Auch Panzergeräusche können wir wieder hören. Jedoch kommen die Panzergeräusche nicht näher. Die US-Tanks meiden diese Gebiete und das auch aus gutem Grund. Die klippenreichen und tief gegliederten Waldgegenden sind alles andere als ideales Panzergelände. Zu leicht können sie hier in einen Hinterhalt geraten. Leider können wir das mit unseren leichten Waffen, die wir momentan zur Verfügung haben, nicht bewerkstelligen. Jetzt ein paar Panzerfäuste, Panzerschreck und geballte Ladungen … Der Ami würde staunen, wie schnell er seine Panzer einbüßen würde. Aber wir haben lediglich Handfeuerwaffen. Noch nicht einmal ein Maschinengewehr haben wir zur Verfügung. Mit dieser Ausstattung ist nicht viel Staat zu machen. Der Untersturmführer sieht dies glücklicherweise genauso und wir marschieren weiter den Berghang hinauf bis zum Höhenzug des Wurmberges. Der Untersturmführer hat von dieser Art des Krieges, dem ständigen Ausweichen und Zurückziehen, längst die Nase voll. Das kann er jedoch nicht offen zugeben, aber ich merke es seinen Reaktionen an.

Wir erreichen eine Fichtenschonung auf der höchsten Stelle des Berges und lassen uns nieder. Wir sind nun insgesamt 20 bis 30 Mann.

Gerade sind wir dabei, unsere Stellungen aufzubauen, da erscheint plötzlich ein General samt Gefolge. Es ist eine kleine, untersetzte Gestalt mit Eichenlaub zum Ritterkreuz. Mir kommt die Person bekannt vor, doch komme ich nicht auf seinen Namen. Der Untersturmführer baut sich ordnungsgemäß vor dem General auf und erstattet Meldung. Der hohe Offizier mit den roten Binsen ist sichtlich bestürzt, dass wir die letzten Truppen zwischen ihm und dem Feind sind. Er befiehlt dem Untersturmführer energisch, wieder in unsere alte Stellung abzurücken. Sollten diese bereits vom Feind besetzt sein, sei dieser natürlich zu werfen.

Kurz darauf verabschiedet sich der hohe Besuch wieder. Der Untersturmführer ruft uns zusammen und gibt den Befehl des Generals bekannt. Doch er meint auch, dass er diesen Befehl nicht ausführen wird. Wir bauen unsere Stellung weiter aus, schon bald wird es finster. Wir wissen sehr genau, dass der Feind uns nachts nicht angreifen wird. Während der Kämpfe hier im Harz hat keiner von uns je einen amerikanischen Nachtangriff erlebt, also gehen wir davon aus, dass er jetzt, kurz vor Ladenschluss, nicht damit anfangen wird.

Am Morgen des 17. April 1945 scheint die Sonne über dem Harzer Bergland. Wir brechen auf. Wieder schließen sich uns neue Truppenverbände an. Anscheinend sind wir auf immer engerem Raum zusammengedrängt. Wir besetzen den Südhang des Winterberges und finden ein verstecktes Proviantlager. Sofort wird alles untersucht und aufgeteilt. Ich ergattere eine Dose mit Fisch und eine mit Schweinskopfsülze. Seltene Delikatessen. Auch ein paar Zigaretten kann ich ergattern. Doch da ich Nichtraucher bin, tausche ich sie gegen eine Dose Schokakola und Tubenkäse. Leider ist kein Brot vorhanden. Sogar einige Munitionskisten entdecken wir. Wir finden Stielhandgranaten, Eierhandgranaten, Munition und sogar ein paar Panzerfäuste. Die Waffen werden auf die erfahrensten Soldaten aufgeteilt. Auch ich bekomme zwei Stielhandgranaten und eine Panzerfaust.

Der Untersturmführer sucht nach ein paar Freiwilligen für einen Spähtrupp. Da ich es hasse, untätig zu sein, melde auch ich mich.

Diese Ungewissheit macht mich wahnsinnig. Und so kann ich wenigstens aktiv etwas unternehmen. Ich spüre das nahende Ende der eingekesselten Truppen. Dieses Durcheinander und die Unkoordination kann ja nicht nur hier bei uns so sein.

Wir pirschen uns durch das dichte Unterholz. Lange brauchen wir nicht und wir können fremde Stimmen hören. Das müssen die feindlichen Vorposten sein! Unglaublich, die Amerikaner machen keine Anstalten, sich ruhig und unauffällig zu verhalten. Ungeniert unterhalten sie sich miteinander. Ohne Probleme können wir sie umgehen und schleichen weiter vorwärts. Es wäre uns ein Leichtes gewesen, ein oder zwei der Vorposten auszuheben und Gefangene zu machen. Aber unser Auftrag besteht nur in Aufklärung, nur beobachten, nicht angreifen. Was sollten wir jetzt in unserer Situation auch mit Gefangenen machen?

Wir lauern in einer kleinen Mulde, bedecken uns mit Zweigen. Auf einer nahen Straße sehen wir Fahrzeugkolonne auf Fahrzeugkolonne an uns vorbeifahren. Panzer, Panzerspähwagen, LKW. Jede Menge Material. Eine beeindruckende Machtdemonstration. Wir sehen alles, was die amerikanische Rüstungsindustrie zu bieten hat. Wieder einmal wäre dies ein gefundenes Fressen für die eigene Artillerie oder eigene Flieger. Aber woher nehmen und nicht stehlen?

Nach einer dreiviertel Stunde reicht es uns. Wir haben genug gesehen. Wieder schleichen wir zurück, kommen auch wieder ohne Probleme an den Vorposten vorbei, denn sie geben sehr schön Auskunft über ihre Positionen. Sogleich erstatten wir dem Untersturmführer Meldung. Es wird uns klar, dass wir in unserer Stellung bereits umgangen sind. Die Amerikaner haben nur noch keine Notwendigkeit gesehen, den Berg einzunehmen. Wie üblich gibt es vormittags keinerlei Gefechtstätigkeit. Auch am Nachmittag bleibt es bei uns ruhig. Wir nutzen die Gelegenheit zur Nachmittagsruhe. Man weiß nie, wann es wieder rundgeht.

Einige Kameraden wollen runter zum Bach, welcher unter uns entlangläuft. Ich ziehe es vor, hier in Stellung zu bleiben. Nach dem, was ich vorhin gesehen habe, halte ich es für klüger, mich auf ein eventuelles Gefecht vorzubereiten, auch gegen gepanzerte Kräfte, und mich nicht durch Spaziergänge im Gelände zusätzlich bemerkbar zu machen. Von einigen Kameraden, welche zu dieser Zeit wohl bereits weniger Kampfgeist besitzen, bekomme ich noch ein paar

Stielhandgranaten. Daraus fertige ich mir vorsichtshalbe eine geballte Ladung an. Man weiß ja nie. Auch bei einem gegnerischen Sturmangriff mit Infanterie haben diese Ladungen eine vernichtende Wirkung.

Die Kameraden sind keine halbe Stunde weg, da hören wir am Bach Gefechtslärm, welcher stetig ansteigt. Anscheinend sind die Kameraden auf den Feind gestoßen, oder sind in einen Hinterhalt geraten. Wir schnappen uns unsere Waffen und eilen ebenfalls zum Bach. Ich nehme zusätzlich meine Panzerfaust mit.

Die Kameraden stehen unter schwerem Feuer. Kurz neben mir schlägt ein Geschoss in den Stamm eines Baumes. Ich bekomme einige Holzsplitter ins Gesicht und blicke auf den Stamm. Es läuft mir ein kalter Schauer über den Rücken. Der Feind schießt mit Explosivgeschossen auf uns. Jeder Landser weiß, was ein Treffen durch diese Teufelsdinger bedeutet. Im besten Fall ist man fürchterlich verstümmelt, im schlimmsten Fall bekommt man sehr schnell einen kalten Arsch, denn meist kann einem kein Sani mehr helfen. Diesmal greift der Feind auch mit Panzern an. Aber auch jetzt traut er sich nicht so wirklich voran, und es wird sich gleich zeigen, dass er Recht hat.

Die Kameraden halten die feindliche Infanterie mit gezieltem Feuer nieder. Anscheinend ist er vom starken Widerstand, auf den er hier stößt, überrascht. Ich blicke mich kurz um und sehe schon den ersten Feindpanzer schräg vor mir. Jeden Busch und jeden Erdhügel ausnutzend, schlängle ich mich voran. Die Panzerfaust habe ich bereits vom Rücken genommen und halte sie beim Vorwärtskriechen fest in den Händen. Kurz aufgeblickt, ob der Panzer noch deckungslos ist, oder sich bereits Infanterie zu ihm gesellt hat. Ich sehe, dass alles sicher ist. Die feindliche Infanterie ist mit dem Feuerkampf gegen meine Kameraden vollauf beschäftigt. Auch die feindlichen Panzer sind abgelenkt, da an unserer rechten Flanke anscheinend ebenfalls ein Landser mit einer Panzerfaust gegen die Ami-Tanks vorgeht. Zumindest sehe ich dort den typischen Feuerschweif einer Panzerfaust.

Sofort wird die für mich günstige Gelegenheit genutzt. Ich knie mich hin, nehme die Panzerfaust unter den Arm, visiere kurz an und drücke ab. Der Sprengtopf zischt auf den Sherman zu und schweißt sich in die Seitenpanzerung des Turms. Augenblicke später schlagen die Lukendeckel auf und Feuerstrahlen zischen aus dem Inneren des Panzers heraus. Ein schaurig-schöner Anblick. Sofort mache ich, dass ich in eine neue Deckung komme. Vielleicht wurde ich ja von einem Feind entdeckt, welcher mich jetzt aufs Korn nehmen will. Es bietet sich ein großer Felsen an. Mit einigen weiten Sprüngen hechte ich mich so gut es geht hinter ihn. Nun hocke ich hinter diesem großen Felsbrocken und überlege, was weiter zu tun ist. Meine geballte Ladung habe ich im Koppel stecken. Ziele gibt es einige dafür. Doch wo ist das sicherste Herankommen an eines der lohnenden Ziele?

Ich nehme die Ladung aus dem Koppel und halte sie fest in meiner rechten Hand. Vorsichtig spähe ich um den Felsen herum und sehe eine amerikanische Selbstfahrlafette des Typs M7. Erstaunlicherweise hat diese sich recht weit nach vorn getraut und feuert nun im direkten Beschuss auf die in Deckung liegenden Kameraden. Auch der MG-Schütze auf seiner etwas disponiert wirkenden Position feuert unablässig gegen Ziele, welche ich aber nicht ausmachen kann. Der Feind ist jedenfalls vollkommen in seinen Feuerkampf vertieft. Nicht einmal das qualmende Fanal der Vernichtung in Form des eben zerstörten Sherman mahnt ihn anscheinend zu mehr Vorsicht. Umso besser für mich.

Ich atme noch einmal tief durch, drehe den Verschluss am Ende der mittigen Stielhandgranate ab und ziehe kräftig an der Zündschnur mit der kleinen Porzellankugel, welche herausfiel. Ich schnelle hinter dem Felsen vor. Ein kurzer Sprint und sodann schleudere ich die geballte Ladung mit aller Kraft in Richtung der Selbstfahrlafette. Sie landet genau im Kampfraum, ich kann noch kurz im Augenwinkel den erschrockenen Gesichtsausdruck eines der Besatzungsmitglieder erkennen, bevor ich Deckung suchend in eine kleine Mulde stürze. Die geballte Ladung muss kaum auf dem Boden des Kampfraums gelandet sein, als sie detoniert. Die Besatzung hat keine Chance mehr, noch irgendwie zu reagieren oder ihr Fahrzeug zu verlassen. Schon einen Wimpernschlag später spüre ich den Luftdruck der Detonation, welche den M7 und die unglückliche Besatzung zerfetzt.

Zu meiner Überraschung liegt in der Mulde bereits ein junger Kamerad. Er macht einen völlig verängstigten Eindruck. Unmittelbar neben ihm befindet sich eine Panzerfaust. Weiß der Teufel, wo er sie her hat. Das interessiert mich aber im Augenblick überhaupt nicht. Ich rücke meinen verrutschten Stahlhelm zurecht und schnappe mir die Panzerfaust. Kurz blicke ich über den Rand der flachen Mulde und kann keine unmittelbare Gefahr erkennen. Langsam und vorsichtig gleite ich aus der Mulde hinaus, jeden Strauch und jede kleine Erhebung als Deckung nutzend. Rund um mich herum tobt der Kampf gegen den Feind, welcher sich seines Sieges schon so sicher war und nun doch einige Verluste verkraften muss.

Es gelingt mir, mich bis auf circa 60 Meter an einen weiteren Sherman heranzupirschen, welcher am linken Flügel der amerikanischen Kampfgruppe steht. Ich hocke hinter einen umgestürzten Buchenstamm. Dieser ist bereits von Efeu überwuchert. Ich riskiere einen kurzen Blick. Das Bug-MG feuert unablässig auf einige Kameraden, welche ich von hier aus aber wieder nicht sehen kann.

Gerade will ich den Kopf wieder runternehmen, da schlägt kurz neben mir eine Kugel in den Stamm. Einige kleine Holzsplitter fliegen herum, aber ich werde nicht getroffen. Sofort liege ich mit der Nase im Dreck. Aufgeregt und mit klopfendem Herz versuche ich nun zu hören, ob noch weitere Geschosse in meiner Nähe einschlagen, ob ich entdeckt bin, oder es nur ein verirrter Querschläger war. Doch kann ich nichts Verdächtiges vernehmen, also wieder einmal Schwein gehabt. Ich kontrolliere die Panzerfaust und mache sie nun endgültig scharf. Wieder spähe ich über den Stamm. Der Panzer hat sich nicht bewegt. Nur sein MG feuert noch immer im Stakkato. Sein Turm wendet sich suchend von links nach rechts. Der Richtschütze sucht anscheinend nach lohnenden Zielen. Doch er wird keines mehr finden. Ich lege das Rohr der Panzerfaust auf den Stamm, ziele kurz und drücke ab. Mit einem Fauchen zischt der Sprengtopf in Richtung des Sherman. Efeu fliegt vom Stamm weg. Ein langer Feuerschweif versengt hinter mir ein Gebüsch. Der Sprengtopf bohrt sich in die Wannenseite des Panzers und bringt ihn zur Explosion.

Ich lasse das nun nutzlos gewordene Rohr der Panzerfaust liegen und suche das Weite. Aus dem vernichteten Sherman steigt schwarzer, fettiger Rauch auf und es sind immer wieder kleine Explosionen im Inneren zu hören. Hinter einer Baumgruppe, welche mit Dickicht durchzogen ist, sehe ich einige Kameraden. Sie winken mich heran und ich eile zu ihnen. Helfende Hände ziehen mich schnell durch das Dickicht. Ich erleide dadurch zwar ein paar Kratzer im Gesicht, aber ich bin aus dem Sichtbereich des Feindes. Anerkennend schlagen sie mir auf die Schultern. Ein mir unbekannter Oberfeldwebel meint: »Soldat, nicht schlecht, die Zerstörung der drei Panzerfahrzeuge. In geordneten Zeiten wäre dafür wohl das Ritterkreuz fällig.«

Anscheinend waren auch andere Kameraden erfolgreich bei der Jagd, denn ich zähle insgesamt fünf Rauchfahnen, also fünf vernichtete feindliche Fahrzeuge. Ich sehe die Sache mit gemischten Gefühlen. Natürlich ist die Vernichtung von feindlichen Fahrzeugen nichts Alltägliches, doch was stört den Feind schon dieser Verlust? Er hat tausende davon. Wenigstens hat diese amerikanische Kampfgruppe zu spüren bekommen, dass immer noch Krieg ist und sie hier nicht wie bei einem Sonntagsausflug durch den Harz marschieren kann. Wir ziehen uns dennoch zurück, denn lange wird der Feind nicht auf sich warten lassen.

Auf das Kampffeld konzentriert der Amerikaner nun sein Artilleriefeuer. Dort bleibt wieder einmal kein Stein auf dem anderen. Es sieht so aus, als ob jeder Meter Boden von den Granaten umgegraben wird. Unsere kleine Gruppe zieht wieder zur alten Stellung. Schnell kramen wir unsere Sachen zusammen. Es hat sich nur noch ein kleiner Rest der Truppe eingefunden. Es wird wohl einige erwischt haben, andere wurden wohl versprengt und versuchen nun auf eigene Faust durchzukommen. Eines ist klar: Nach diesem Gefecht wird der Feind hier keinen Widerstand mehr vorfinden und kann nun also schnell nachstoßen. Sobald er dies gemerkt hat, wird er es wohl auch tun. Also heißt es für uns wieder: ab in das Unterholz und weg vom Feind.

Um mich herum hat sich eine Gruppe von fünf Landsern gescharrt. Wir kommen auf eine kleine Lichtung und treffen auf einen Leutnant der Artillerie. Er meint, er hätte hier einen Beobachtungsposten. Es soll auf jedem Fall weitergekämpft werden, er gibt uns als Richtung Nordost an. Einen halben Kilometer dahinter soll noch eine intakte Truppe stehen. Er verschwindet wieder in einem Gebüsch und wir marschieren weiter.

Ein komischer Kauz, denke ich mir. Liegt hier einsam in Stellung und uns ist der Feind auf den Fersen. Von seinen Beobachtungen haben wir nichts. Lieber sollte er mal zusehen, dass seine Artillerie dem Ami eins auf den Pelz brennt. Aber das passiert anscheinend auch nicht.

Nach wenigen hundert Metern treffen wir auf eine Gruppe von circa 15 Landsern der Waffen-SS. Es sind alles junge Burschen von höchstens 18 Jahren. Ich erkenne die Ratlosigkeit in ihren Gesichtern.

Plötzlich treten aus dem dämmrigen Wald noch zwei SS-Offiziere heraus. Sie meines, wir seien hier im Raum eingekesselt, und befehlen uns den Ausbruch nach Osten. Sie kommen auf die glorreiche Idee, drei kleine Gruppen zu bilden, und eine davon soll ich übernehmen. Diese Aussicht finde ich nicht sehr verlockend. Wenn wir wirklich eingekesselt sind und wir durch eine enge Kesselfront durchbrechen müssen, dann ist mir diese Gruppe eindeutig zu groß. Je kleiner die Gruppe, desto größer die Chancen.

Schnell sind die ersten zwei Gruppen unter der Führung der SS-Offiziere verschwunden, da schau ich mir meine Gruppe an. Wieder blicke ich in viele verunsicherte und ratlose Gesichter. Da beschließe ich den jungen Soldaten ein wenig auf den Zahn zu fühlen. Nach einigem guten Zureden lassen sie sich dann endlich locken. Es stellt sich heraus, dass zwei Soldaten aus der Gegend von Thale kommen und dementsprechend versuchen wollen, lieber dorthin durchzubrechen. Ein weiterer kommt aus München, zwei aus dem Ruhrgebiet. Diese haben natürlich wenig Interesse daran, weiter nach Osten durchzubrechen. Sie meinen, was sie in den letzten Monaten durchgemacht hätten, habe ihnen gezeigt, dass der Krieg vorbei sei. Die letzten Tage hätten diesen Eindruck nur noch verstärkt.

Ich kann diese Einstellung durchaus verstehen, auch wenn es nicht mein Weg ist. Ich stelle es der Gruppe frei, sich auf eigene Faust durchzuschlagen. Niemand muss sich anschließen. Schnell zeigt sich, dass auch die restlichen zwei Landser lieber auf eigene Faust losziehen wollen. Also bin ich erneut auf mich gestellt. Auch gut, wenigstens habe ich dann nur die Verantwortung für mich.

Kurz überlege ich, wo für mich der günstigste Weg wäre, um durchzubrechen. Noch immer möchte ich mich nach Osten zu meiner Stammeinheit durchschlagen. Doch in dieser Himmelsrichtung wird wohl auch der Widerstand am stärksten sein und ich habe kein Bedürfnis, mich von den eigenen Leuten abknallen zu lassen. Also nehme ich mir vor, mich in die ungefähre Richtung Südwest zu bewegen.

Ich taste mich vorsichtig durch das mit Klippen und Felsen durchzogene Fichtendickicht. Immer wieder lausche ich in die Gegend. Kein Infanteriefeuer ist zu hören, also weiter. Da rauscht es plötzlich heran und schlägt in die hohen Bäume. Surrend klirren die Granatsplitter auf die Granitflächen. Schnell suche ich zwischen eben diesen Gesteinsblöcken Schutz. Ich hoffe, dass es mich nicht jetzt noch erwischt. Ich versuche das Artilleriefeuer auszumachen. Die feindliche Artillerie feuert von zwei Seiten in den Kessel und versucht wohl dadurch, unsere Truppen zu zersetzen und nicht zur Ruhe kommen zu lassen. Ich liege unter einer regelrechten Feuerglocke, doch habe ich Glück und ich verdanke dieser Granitblockhalde mein Leben.

Langsam bricht die Dämmerung herein und der Artillerieüberfall endet.

Da sehe ich ein gigantisches Wetterleuchten. Der Brocken sieht aus, als ob er in ein Feuermeer getaucht wurde. Anscheinend haben feindlichen Jabos die Munitions- und Treibstoffvorräte, welche dort im Brockenhotel gelagert wurden, in Brand geschossen. Ein schaurig-schöner Anblick. Beinahe malerisch, wenn es nicht so grausam wäre. Nun werden wohl auch dort die Truppen keinen langanhaltenden Widerstand mehr leisten können und bald aufgerieben werden.

Als ob die Natur dieses Schauspiel noch akustisch untermalen wollte, fängt es nun an zu donnern und zu blitzen. Mit großer Geschwindigkeit nähert sich aus Richtung der Lüneburger Heide ein mächtiges Gewitter. Schon lange habe ich das Grummeln in der Ferne gehört. Innerlich habe ich gehofft, dass es vielleicht die versprochenen Wunderwaffen sein würden, welche nun zum

Einsatz um die Festung Harz kommen. Es wurde ja immer wieder davon gesprochen und irgendwie hat man doch auch daran geglaubt. Nun stehe ich hier im immer stärker werdenden strömenden Regen. Die Nässe tropft mir vom Stahlhelm, meine Zeltbahn, welche ich mir als Kälteschutz und zur Tarnung umgelegt habe, ist innerhalb kürzester Zeit durchnässt. Trotz des Wolkenbruches und trotz der Gefahr, vom Feind erkannt zu werden, kann ich meinen Blick nicht von diesem Bild abwenden.

Brennender Harz – Götterdämmerung, geht es mir durch den Kopf. So sieht also Ragnarök aus.

Nach einer unbestimmten Zeit, reiße ich mich von dem Anblick los. Inzwischen ist es stockdunkel geworden. Regen, Blitze und Donner hören einfach nicht auf, gewinnen eher noch an Stärke. Meine Waffe habe ich natürlich noch bei mir. Man weiß nie, auf wem man trifft.

Greift einen die eigene Truppe ohne Waffe auf, kann man leicht als Deserteur aufgeknüpft werden. Andererseits, wenn man dem Feind begegnet, dann möchte ich auch nicht unbewaffnet sein. Gefangenschaft ist noch immer nicht mein Ziel. Dennoch krame ich meine dürftigen Englischkenntnisse zusammen. Ein richtiges Wort zur richtigen Zeit kann einem ja vielleicht doch das Leben retten. Besser als eine Kugel verpasst zu bekommen.

In stockdunkler Nacht taste ich mich vorsichtig durch die hohen Fichten. Hin und wieder erhellen Blitze das tiefschwarze Umfeld. Einerseits erhellen sie die Umgebung, andererseits blenden sie auch jedes Mal die Augen, sodass sich diese nicht recht an die Dunkelheit gewöhnen können. Ich kann einfach nichts Genaues erkennen. Der Starkregen macht es auch nicht gerade besser. Das Gewitter dauert weiter an, es ist einfach gigantisch. Ein so kräftiges Gewitter habe ich noch nicht erlebt. Das Donnern und das Regenrauschen sind mein persönlicher Verbündeter. So werden meine eigenen Geräusche, die unweigerlich entstehen, gut überdeckt.

Immer weiter pirsche ich vorwärts. Bald müsste doch die amerikanische Postenkette kommen. Immer öfters mache ich nun Rast und horche in die Umgebung. Da höre ich es! Menschliche Geräusche sind zu vernehmen. Hier ein Räuspern, dort ein Schnäuzen und immer wieder Wortfetzen. Seitlich von mir sehe ich nun einen glühenden Punkt, wohl eine Zigarettenspitze. Unglaublich, solch eine Leichtsinnigkeit. Immer weiter pirsche ich mich voran, Stück für Stück. Verspüre ich Angst? Wohl eher nicht, die ungeheure Anspannung überdeckt die Angst. Der Überlebensinstinkt ist stärker als alle anderen Geräusche. Verstand und Nerven sind ausgeschaltet, der Instinkt hat nun die Führung übernommen.

Ohne den laut rauschenden Regen wäre das Durchbrechen schwerer, vielleicht sogar unmöglich. Ich habe Glück, keinem amerikanischen Posten in die Arme zu laufen. Die Posten werden sich wohl die Kapuzen als Regenschutz übergezogen haben, hören und sehen dadurch noch weniger. Auch die werden froh sein, wenn sie in Ruhe gelassen werden. Manch einer wird vielleicht auch schon vom Kriegsende und der ruhmreichen Heimkehr träumen. Auch mir ging es einst so. Damals, als wir noch siegesgewohnt in Russland standen und hofften, dass der Krieg bald aus sei.

Der Gewitterregen lässt mir keinen trockenen Faden am Leib. Ich bin durch bis aufs Letzte. Der Regen läuft mir den Stahlhelm im Schwall hinunter. Ein gewaltiger und greller Blitz erscheint am Himmel und von jetzt auf gleich ist das Gewitter aus. Der Nachthimmel hellt sich auf. Doch die feindliche Postenkette liegt glücklicherweise bereits hinter mir. Dennoch ist Vorsicht geboten.

Es geht leise und lautlos weiter. Vor mir kommt ein kleiner Bach in Sicht. An dieser Stelle gab es vor einigen Stunden das Gefecht. Es ist keine Gefahr mehr in Sicht. Man sieht kaum noch etwas von den Kämpfen. Selbst die abgeschossenen Panzerfahrzeuge wurden schon abgeschleppt. Ich marschiere weiter nach Süden und gelange an eine Panzersperre, welche auf einer Seite bis an eine Klippe heranreicht und auf der anderen Seite an einen Felshang. Also gibt es für mich keine Möglichkeit, sie zu umgehen. Ich lege mich in ein dichtes Brombeergebüsch und beobachte eine Weile das Gelände. Nach circa einer Viertelstunde kann ich noch immer nichts auffälliges ausmachen und entscheide mich dazu, mich heran zu pirschen. Vorsichtig untersuche ich die Sperre auf versteckte Sprengfallen. Doch auch da kann ich keine Auffälligkeiten entdecken, also schnell drüber. Auf der anderen Seite angelangt, mit einem langen Satz ins Dickicht gehechtet, und schon beobachte ich wieder die Umgebung. Hat mich vielleicht jemand gesehen?

Ich kann nichts entdecken, was mir Unbehagen bereiten sollte. Also geht es weiter in südwestliche Richtung, immer im Dickicht und im Schutz des dichten Waldes. Langsam geht die Nacht zu Ende und ich entschließe mich, nach einer geeigneten Stelle zur Rast Ausschau zu halt. Fündig werde ich bei einer kleinen dicht gewachsenen Fichtenschonung. Ich lege mich mit meinen völlig durchnässten Klamotten auf den feuchten Waldboden und schlafe sofort ein. Mein Stahlhelm und der Rucksack dienen als Kopfkissen.

Am 18. April 1945 werde ich von strahlendem Sonnenschein geweckt. Meine Uhr zeigt kurz vor 10 an. Die Sonne entfaltet bereits eine solche Kraft, dass meine Vorderseite, welche ihr zugewandt war, bereits fast trocken ist. Meine Kehrseite hingegen ist noch immer nass.

Ein sehr unangenehmes Gefühl, denk ich mir, *aber es gibt Schlimmeres*. Da ich mich in der Fichtenschonung recht sicher fühle, nutze ich die Zeit noch für ein kleines Frühstück. In meinem Rucksack habe ich noch die Tube Käse und etwas von der Schokakola. Es ist zwar nicht sehr viel, aber besser als nichts.

Nach diesem »reichhaltigen« Mahl setzte ich meinen Marsch mit feuchter Kleidung fort. Ich bin froh, nun wohl endgültig dem

Kessel entronnen zu sein. Auf einmal höre ich heftiges Infanterie- und Artilleriefeuer. Glücklicherweise liegt es bereits weit hinter mir.

Der Ami wird jetzt wohl den Kessel durchstoßen und Stück für Stück ausräumen, denke ich mir und marschiere schnell weiter. Hauptsache Kilometer gewinnen und Gelände zwischen mir und dem Feind bringen.

Gegen Mittag kommt wieder das nagende Hungergefühl auf. Leider besitze ich keinerlei Verpflegung mehr. Es fällt mir auf, dass ich anscheinend nicht der Einzige bin, welcher hier durch den Wald marschiert. Ab und an fällt mir eine kleine Rauchwolke auf, welche mitten im Hain aufsteigt. Anscheinend machen einige Versprengte ein Lagerfeuer, vielleicht um Essen aufzuwärmen oder die Kleidung zu trocknen. Dies finde ich schon mehr als leichtsinnig und versuche diese Stellen weiträumig zu umgehen. Damit mache ich vielleicht den ein- oder anderen Umweg, doch fühle ich mich dadurch sicherer, denn diese Stellen werden sicherlich auch die Feindkräfte anziehen und dann ist der Ofen schnell aus.

Ich komme an die Harz-Hochstraße. Wohl oder übel muss ich sie überqueren. Wieder warte ich in einem Gebüsch und sondiere einige Zeit lang das Gelände. Aber wieder kann ich nichts Auffälliges bemerken. Also kurz den Körper angespannt und ab, rüber über die Straße und hinein in das gegenüberliegende Odertal. Ich versuche immer durch das unwegsamste Dickicht zu marschieren. Diese Wege sind zwar am beschwerlichsten, doch ich denke, dass sie auch am sichersten sind. Der Ami wird wohl kaum freiwillig durch dieses Unterholz wandern. Panzerfahrzeuge können hier schon gar nicht zum Einsatz kommen.

Meine Uniform und die Zeltbahn, welche ich noch immer umgehängt habe, ist endlich wieder trocken. Doch der Hunger macht mir zu schaffen und ich merke langsam, dass ich immer mehr mit der Strecke zu kämpfen habe. Meine Gedanken kreisen fast nur noch darum, wo ich etwas zu essen finden könnte.

Unterhalb des Odertals sehe ich eine Gruppe Rotwild, die friedlich grast. Ein wirklich einträchtiges Bild, ein unglaublicher Kontrast zum Erlebten und zu dem, was nur wenige Kilometer entfernt im Harzer Kessel vor sich geht. Dort sterben im selben Augenblick tapfere Soldaten in einem aussichtslosen Kampf.

Ich steige über den Rehberger Graben hinweg Richtung Sonnenberg und erreiche am späten Nachmittag ein kleines Gehöft. Vorsichtig nähere ich mich dem Gebäude. Immer wieder halte ich Ausschau nach dem Feind. Ich kann Ketten- und Radspuren entdecken, aber keine Fahrzeuge. Auch Soldaten sehe ich keine. Es müssen aber vor Kurzem feindliche Einheiten hier gewesen sein. Anscheinend sind sie schon wieder abgerückt. Jedenfalls sind die Amerikaner nicht mehr vor Ort. An der Haustür sehe ich in roten Lettern »Reserved for the Phantom Division« geschrieben. Was auch immer die Phantom Division ist oder wer auch immer das geschrieben hat, interessiert mich recht wenig. Ich habe einen Bärenhunger und öffne vorsichtig die Tür. Leise schleiche ich mich hinein.

Im Innenraum des Gebäudes herrscht ein heilloses Chaos. Hier wurde anscheinend bereits geplündert und wild gehaust. Ob von versprengten deutschen Verbänden oder von Amerikanern, kann ich nicht sagen. Es ist mir im Augenblick auch gleich. Ich finde den Eingang zum Keller und gehe langsam die Steintreppe hinunter in den dunklen Raum. Ich habe Schwierigkeiten, etwas zu sehen, erinnere mich aber, dass ich noch einige Streichhölzer im Rucksack habe. Ich zünde zwei Stück an und der schwache Schein der Streichhölzer beleuchtet den Raum mehr schlecht als recht. Vorerst finde ich nichts Brauchbares, doch kurz bevor die Hölzer heruntergebrannt sind, sehe ich ein kleines Regal in der hintersten Ecke stehen. Ich bewege mich darauf zu und als ich kurz davorstehe, gehen die Streichhölzer aus. Nun heißt es tasten … und ich ertaste einige Gläser. Schnell stecke ich sie in meinen Rucksack. Nachschauen, was drin ist, kann ich auch oben bei Licht. Also wieder zurückgetastet. Zum Glück scheint Licht durch die zahlreichen Ritzen der Kellertür, welche aus grobem Holz gezimmert ist. Das macht die Sache etwas leichter. Ich habe mein Ziel, die Steintreppe, schon fast erreicht, da stoße ich mit meinen Stiefeln gegen einige Gegenstände. Ich betaste sie. Sie fühlen sich rund und klobig an.

Entweder Kohle oder Kartoffeln, meine ich zu mir. Da sich meine Hände aber nicht sonderlich staubig anfühlen, entschließe ich mich, dass es sich um Kartoffeln handeln muss. Auch davon stecke ich mir einige in meinen Rucksack. Man weiß ja nie. Wieder im Wohnraum angelangt, begutachte ich meine Ausbeute. Die runden Gegenstände sind tatsächlich Kartoffeln. Die Gläser sind gefüllt mit eingekochten Erdbeeren, Gurken und Birnen.

Mir läuft schon das Wasser im Mund zusammen. Wieder einmal unverschämtes Glück gehabt.

Ich verlasse schnell das Gebäude und schlage mich wieder in das Fichtendickicht. Es ist mir zu riskant, hier zu übernachten, obwohl es sehr verlockend wäre, ein Dach über den Kopf zu haben. Doch ein Gebäude ist automatisch auch immer ein Anziehungspunkt für andere Menschen. Lieber kampiere ich ein paar Kilometer davon entfernt im Freien, bekomme aber keinen ungewollten Besuch.

In meinem Nachtlager angekommen, öffne ich erstmal eines der Einmachgläser und lasse mir die Birnen schmecken. Die anderen Gläser verschwinden wieder in meinem Rucksack. Wer weiß, wann ich das nächste zu essen finde. Vielleicht ergibt sich auch mal die Gelegenheit, ein verdecktes Feuer zu machen und mir ein paar der Kartoffeln zu braten. Mit vollem Magen und satt, schlafe ich sehr schnell ein.

Der 19. April zieht auf und ich werde wieder von einer warmen Sonne geweckt. Die Nachtruhe hat mir gutgetan. Ich öffne das Glas Erdbeeren und esse einige davon. Meinen Stahlhelm lasse ich nun endgültig liegen und setze meine Feldmütze auf.

So gestärkt marschiere ich weiter in den frühen Morgen. Es geht immer quer über Stock und Stein. Ich meide grundsätzlich Waldschneisen und gut einsehbare Wege. Ab und an blicke ich auf meinen kleinen Kompass, sodass ich immer die grobe Richtung Süd oder Südwest einhalte.

Ich komme irgendwann bei Kamschlacken an. Ich pirsche mich bis zum Waldrand heran. Wieder einige kleine Häuschen. Ich überlege, ob ich die Bewohner um etwas Brot bitten sollte. Es erscheint mir sehr gefährlich, mal ganz davon abgesehen, ob die Bewohner überhaupt noch etwas Essbares zum Teilen haben. Ich laufe weiter, das Risiko ist mir einfach zu hoch. Wer weiß schon, wer in den Häusern wohnt, ob sie mir wohl gesonnen sind oder mich an den Feind verraten, um selbst einen kleinen Vorteil zu erhaschen.

Einige Kilometer weiter stoße ich auf einen Leidensgenossen. Wir tauschen Neuigkeiten aus und er warnt mich, extrem vorsichtig beim Überqueren von Waldschneisen zu sein. Die Amis stehen dort wohl in gut getarnten Spähwagen und veranstalten Scheibenschießen auf unvorsichtige Landser. Dem Feind ist klar, das ihm zahlreiche deutsche Soldaten durchs Netz geschlüpft sind und nun machen sie Jagd auf sie.

Ich muss zwischen Kamschlacken und Riefensbeek eine Straße überqueren. Ich suche mir die engste Stelle und mit ein paar weiten Sprünge bin ich drüber und tauche sofort wieder ins Dickicht ein. Wieder geht es weiter. Große Tagesleistungen kann ich natürlich nicht schaffen, da ich noch immer stets das unwegsamste Gelände wähle.

Auch wird mir das Marschieren am Tage zu riskant. Ich suche mir eine gute Deckung und mache Rast. Nun muss der Rest des Erdbeerglases daran glauben. Ich warte in meinem Versteck, bis es langsam dunkel wird. Dann marschiere ich weiter. Als die Dunkelheit vollends hereingebrochen ist, wird das Vorankommen jedoch noch schwieriger, da ich nun die Hindernisse nicht mehr genau sehen kann. So lande ich mehrmals schmerzhaft auf der Nase. Irgendwann reicht es mir und ich halte mehr schlecht als recht Ausschau nach einem Nachtlager. Ich entdecke eine Geländemulde, welche dicht mit Buchenlaub aufgefüllt ist. Kopfüber springe ich hinein und decke mich fast vollständig mit Laub zu, sodass nur noch das Gesicht rausschaut. Durch das viele Laub ist es unglaublich weich und auch recht warm. Solch ein gemütliches Nachtlager hatte ich schon lange nicht mehr.

Durch die Strapazen des Tages schlafe ich auch diesmal wieder sehr schnell ein.

Als ich aufwache, ist bereits der 20. April 1945 angebrochen. Sofort kommt es mir in den Kopf. Heute ist »Führergeburtstag«. Was für eine groteske Situation. Sonst wurden an diesem Tag immer heroische Paraden abgehalten und zahlreiche Veranstaltungen zelebriert. Nun irren Soldaten der zerschlagenen Wehrmacht durch die Wälder der eigenen Heimat und verstecken sich vor dem Feind, welcher unbarmherzig Jagd auf sie macht. In meinem gemütlichen Nachtlagen esse ich noch ein paar eingelegte Gurken und mache mich dann wieder auf den Weg. Es geht nun westlich von Buntenbock weiter in südwestliche Richtung.

Auf einmal höre ich Holzeinschlag auf meinem Marsch. Hunger und Neugier drängen mich in die Richtung der Geräusche. Vorsichtig gehe ich darauf zu. Aus einem Gebüsch heraus, in sicherer Entfernung, beobachte ich und entdecke einen Holzfäller. Vorsichtig nähere ich mich. Er bemerkt mich und winkt mich heran. Ich beschleunige meinen Schritt und der ältere Holzarbeiter führt mich zu einem kleinen, halb zusammengefallenen Unterstand. Er warnt mich eindringlich, vorsichtig zu sein. Überall streifen nun Polen durch die Wälder. Sie wurden von den Amerikanern aus verschiedenen Arbeitslagern befreit und machen Jagd auf deutsche Soldaten. Wenn sie einen erwischen, verprügeln sie ihn und liefern ihn den Amerikanern aus.

Wieder Glück gehabt, denke ich mir und bin froh, dass ich nicht diesen Polen in die Hände gefallen bin. Ich habe zwar noch mein Sturmgewehr und eine Stielhandgranate bei mir, aber ein Infanteriegefecht würde wohl auch die Amerikaner auf den Plan rufen. Dennoch werde ich meine Waffen bei mir behalten, denn wehrlos möchte ich diesen Lumpen nicht in die Hände fallen.

Nach dieser Neuigkeit fragt mich der ältere Mann, ob ich nicht schnell noch mit ihm frühstücken möge. Er hat ein großes Butterbrot und ein gutes Stück Speck bei sich. Ich bin ihm ehrlich dankbar und stelle ihm meine angebrochenen Gläser Gurken und Erdbeeren auf den kleinen, wackligen Tisch.

Gemeinsam teilen wir unseren Proviant und lassen es uns schmecken. Unser Tischgespräch wendet sich dem heutigen Tag zu. Der Waldarbeiter erzählt von der Rundfunkansprache von Doktor Goebbels anlässlich des Führergeburtstages. Dort meinte der Minister, die tapferen deutschen Truppen in der Festung Harz sollen noch ein wenig aushalten. Auch die tapferen Verteidiger der Seelower Höhen nahe der Reichshauptstadt müssten weiterhin fanatischen Widerstand leisten. Die neuen Waffen kämen bald zum Einsatz und dann würden die Feinde in Ost, Süd und West wieder zurückgedrängt!

Ja, daran glaubte ich auch einst und als was hat es sich herausgestellt? Als ein mächtiges Gewitter, aber keine neuen mächtigen Waffen.

Es erschüttert mich, dass man die ehrenvolle Tapferkeit der Truppe so schamlos ausnutzt und sie in einen fanatischen Endkampf schickt. Aber für was? Damit die Führung noch wenige Tage länger an der Macht bleiben kann?

Nachdem wir fertig gegessen haben, verabschiede ich mich und danke dem Mann, dass er sein Essen mit mir teilte. Mir ist natürlich sehr wohl aufgefallen, dass der Alte sich beim Essen zurückhielt und ich den größten Teil bekam.

Weiter geht es. Ich komme langsam aus dem Harz heraus. Fichten- und Buchenwälder wechseln sich ab. Die Vegetation verändert sich. So langsam weiß ich jedoch selbst nicht mehr, wohin es mich treibt, und ich verliere allmählich den Glauben, dass ich noch Anschluss an meine Einheit finde. Gedankenversunken marschiere ich immer weiter, bis plötzlich zwei Gestalten grinsend vor mir stehen. Es sind zwei Fallschirmjäger. Sie ziehen mich in eine Gebüschreihe, welche von hohen Fichten und Buchen umgeben ist. Ein hervorragendes Versteck. In diesem Versteck hocken nun noch drei weitere Fallschirmer. Sie meinen, dass sie mich schon länger hätten kommen sehen.

War ich wirklich so unvorsichtig und gedankenversunken, dass ich keinerlei Notiz von ihnen nahm?, schießt es mir durch den Kopf. Die beiden Fallschirmjäger, welche mich aufgegriffen haben, sind Hamburger, zwei weitere kommen aus Bremen und der fünfte im Bunde stammt aus Leer. Sie wollen alle heim, Richtung Norden.

Die Gruppe macht einen munteren Eindruck. Meinen zwar, dass der Kampf wohl vorerst vorbei sei, die Niederlage nicht mehr abzuwenden. Sollte der Kampf aber bald weitergehen, seien sie auf jedem Fall wieder dabei. Bei dieser Äußerung muss ich unweigerlich nachfragen. Da meint einer der Fallschirmer, dass die Briten gerüchteweise bereits planen würden, gegen die Russen zu marschieren, und zu diesem Zweck hätten sie vor, auch eine deutsche Armee aufzustellen. Da sei es ja klar, dass sie sich beteiligen und die Russen wieder aus Deutschland hinauswerfen wollen. Sie müssten hier nur noch eine Weile aushalten, bis sich der gröbste Schlamassel gegeben haben werde. Teilweise glaube ich, dass ich nicht richtig höre. Der erste Krieg nicht mal beendet und die denken schon an den nächsten! Eine merkwürdige Art von Humor. Ich hatte ja schon oft gehört, dass Fallschirmjäger eine Truppe für sich seien und auch regelrechte Draufgänger, doch das hier ist nun doch allerhand.

Nun, ich verabschiede mich mit den besten Wünschen und überlasse der Gruppe noch mein Sturmgewehr samt Munition und die Handgranate. Im Austausch dafür bekomme ich eine gute Walther P.38. Diese kann ich auch viel leichter verstecken und bin trotzdem nicht ganz wehrlos. Nachdem, was mir der alte Holzfäller über den Frontverlauf gesagt hatte, bin ich der Überzeugung, dass es kaum noch eine deutsche Front gibt, demnach auch keine Truppe mehr, zu der ich zurückkehren könnte. Das Einzige, was passieren würde, wäre, dass ich in einem zusammengewürfelten Alarmhaufen an der Ostfront verheizt werde, und das will ich auf keinen Fall.

Weiter geht es für mich, nun aber Richtung Südwest. Ich will nun ebenfalls versuchen, mich nach Hause durchzuschlagen. Es erscheint mir nun letztendlich doch als das einzig sinnvolle.

Ich erreiche den Südwestrand des Waldes. Vor mir liegt nun das weite Harzvorland. In der Ferne sehe ich weiße Steilkanten der Gipssteinbrüche in der Sonne des Spätnachmittags am 20. April 1945.

Ich schleiche einen kleinen Feldweg entlang. Kurz nach einer kleinen Abbiegung sehe ich eine Person in brauner Uniform in einer Mulde am Rand des Weges liegen, ein Pole. Ich schleiche mich vorsichtig an ihm vorbei. Er scheint zu schlafen, undeutlich kann ich ein leises Schnarchen hören. Ich bin schon beinahe an ihm vorbei, da sehe ich aus dem Augenwinkel, wie er anscheinend wach wird. Nun schallen bei mir alle Alarmglocken. Wenn er wach ist und mich sieht, ist es aus. Er wird garantiert Theater machen und die ganze Gegend wird rebellisch. Wer weiß, wo seine Kumpanen sind.

Mit einem gewaltigen Satz hechte ich auf ihn zu. Sofort steigt mir der unangenehme Geruch von Alkohol in die Nase. Der Knabe ist voll bis Unterkante Oberlippe. Dementsprechend unkoordiniert ist seine Abwehr. Schnell fixiere ich ihn mit meinen Knieen und halte ihm mit der linken Hand den Mund zu, sodass er nicht schreien kann. Mit der rechten Hand angle ich nach meinem Seitengewehr. Durch meine reichhaltige Erfahrung im Nahkampf ist dies alles für mich keine große Herausforderung. Mit geübtem Griff halte ich an der Kehle des zappelnden Polen an und beginne zu schneiden. Sofort quillt ein Schwall Blut aus der Wunde. Der Pole schaut mich mit schreckensgeweitetem Blick an und nach wenigen Augenblicken sehe ich, wie das Leben in den Augen meines Gegners erlischt.

In mir entwickelt sich eine verwegene Idee. Ich zerre den toten Polen ins dichte Gebüsch hinter ihm und ziehe seine Uniform aus. Nachdem das geschafft ist, ziehe ich nun meine eigene Uniform aus und stülpe sie dem Toten über. Danach ziehe ich nun die verschlissene und nun auch blutverschmierte Uniform des Polen an. Meine Orden und Ehrenzeichen entferne ich jedoch schnell und stecke sie mir in die Stiefel, sodass sie bei einer Kontrolle hoffentlich nicht gleich gefunden werden. Ich habe viel Blut, Schweiß und Tränen dafür geopfert und so manche Todesgefahr überstanden. Daher kann ich mich einfach nicht von ihnen trennen. Doch mein Wehrpass lass ich beim Polen, nur entferne ich natürlich mein Bild, denn der tote sieht mir einfach überhaupt nicht ähnlich. Nun sehe ich aus wie ein polnischer Arbeiter aus einem Arbeitslager, und wenn jemand den toten Polen finden sollte, dann wird er ihn für einen weiteren toten deutschen Soldaten halten und das scheint zurzeit niemanden richtig zu interessieren. Meine neue Walther P.38 verstecke ich in meiner Uniformjacke, sodass sie nicht gleich offensichtlich zu sehen ist.

So verkleidet kann ich auch auf dem Weg weiterlaufen. Deutsche werden mich kaum ansprechen, und sollte ich von einem Amerikaner oder Polen angerufen werden, so nehme ich mir vor, einige unverständliche russische Worte, die ich mir in den Jahren an der Ostfront angeeignet habe, zu stammeln und zu lallen. Ein paar Ausfallschritte und mein Theater des betrunkenen Polen sollte perfekt sein. Auf die Probe stellen möchte ich es jedoch nicht.

Bald setzt die Dämmerung ein. Gerade wollte ich mir schon eine neue Bleibe für die Nacht suchen, da höre ich hinter mir eine Kutsche kommen. Ich stelle mich demonstrativ mitten auf die Straße und die Kutsche muss halten. Die beiden Kutscher schauen mich ängstlich an. Ich muss wohl auch einen beängstigenden Eindruck machen mit meiner blutverschmierten Uniform. Ich gehe zum Fahrer und frage ihn in lupenreinem Deutsch, ob sie mich ein Stück mitnehmen könnten. Nun weicht die Angst der Verwunderung. Schnell erkläre ich ihnen mit einem Grinsen den Grund für mein verwegenes Auftreten und meinen Aufzug. Der Kutscher schaltet blitzschnell; er meint, ich solle mich schnell auf die Ladefläche der Kutsche begeben und mich dort zwischen den Gerätschaften und Waren verstecken. Ich mache, wie mir geheißen. Kaum habe ich mich einigermaßen unter den Gerätschaften verkrümelt, geht es schon los. Nach einer halben Stunde Fahrt, kommen wir auf dem Hof meiner Helfer an. Der Bauer fährt direkt in die große Scheune hinein. Hier kann ich endlich absteigen. Der Bauer läuft schnell ins Haus und sagt seiner Frau, sie möge ein paar Sachen bringen. Kurz darauf kommen die beiden mit mehreren Kleidungsstücken zurück. Die Bäuerin trifft beinahe der Schlag, als sie mich sieht, doch schnell klärt der Kutscher sie auf.

Rasch ziehe ich die abgetragene Uniform aus. Die Bäuerin nimmt sie und steckt sie sofort in den Ofen. Ich kann gerade noch meine Orden retten, denn die Stiefel fliegen gleich hinterher in die Glut. Mir wird ein Badezuber in die Scheune gebracht und dazu noch ein gutes Stück Seife. Kurz darauf wird Wasser aufgefüllt und ich kann nach ewigen Zeiten mal wieder richtig baden.

Danach streife ich mir die mitgebrachten Sachen über, welche vom Sohn des Bauernpaares stammen. Die Bäuerin erklärt, dass ihr Sohn in der Kriegsmarine diene und irgendwo in Norwegen stationiert sein soll. Das nette Paar hofft, das auch er bald wieder zurückkommt. Nachdem ich mich angezogen habe, gehen wir gemeinsam ins Wohnhaus. Dort bekomme ich ordentlich etwas aufgetischt. Man stellt mir belegte Brote, Speck, Eier und Schinken hin. Ich verschlinge bergeweise davon. Beim Essen erzählen meine Helfer mir, dass nun überall Gefahr und Verrat lauert. Manch ein vormals strammes Parteimitglied verrät nun herumirrende Soldaten, um sich mit den Besatzern gut zu stellen. Auch die Polen, welche herumstreifen, sind immer eine Gefahr.

Erst vor kurzer Zeit hätte eine Gruppe Polen einige deutsche Soldaten entkleidet und nackt durchs Dorf geprügelt mit Hilfe von Ledergürteln, Reitgerten und Holzlatten. Zu guter Letzt wurden die armen Gestalten zu einem Lastkraftwagen der Amis getrieben, um dann in ein Gefangenenlager gebracht zu werden. Die Amerikaner hätten dem brutalen Treiben der Polen tatenlos zugeschaut und nicht eingegriffen.

Der Bevölkerung sei es unter Strafe verboten deutschen Soldaten zu helfen oder sie zu verstecken. Für diese Nacht bietet man mir an, dass ich hier übernachten kann. Am frühen Morgen jedoch müsse ich gehen.

Bereitwillig lege ich mich in das schon vorbereitete Bett des Bauernsohns. Ich weiß gar nicht, wie lange es her ist, dass ich in einem richtigen Bett mit sauberer, weißer Bettwäsche geschlafen habe.

Am frühen Morgen des 21. April 1945 werde ich von einem Hahnenschrei geweckt. Es gibt noch Frühstück, bestehend aus Eiern, Käse und Brot. Als ich fertig bin, mache ich mich zum Aufbruch bereit.

Man merkt den Leuten die Anspannung an. Ich bekomme noch reichlich Proviant und eine Spitzhake. So sehe ich aus wie ein Tagelöhner. Man erklärt mir den Weg zu einem befreundeten Bauern, welcher weiter abgelegen ist. Dieser kann sicherlich eine helfende Hand gebrauchen. Hier kommen wohl ab und an Amerikaner vorbei, um Waren zu holen oder einzukaufen.

Wieder geht es für mich quer durch die Landschaft. Wenigsten muss ich diesmal nicht hungern.

Ich halte mich strickt an die Anweisungen, welche mir die Bauernfamilie gegeben hat. Es stellt sich heraus, dass der Hof tatsächlich sehr abgelegen liegen muss, denn schon bald geht es nur noch einen sehr schmalen Feldweg entlang.

Am Nachmittag komme ich an einen Fluss. Dies müsste die Söse sein. Was nun? Nach drüben schwimmen? Nachdem ich die Wassertemperatur getestet habe, muss ich feststellen, dass es noch unangenehm kalt ist. Ein Boot kann ich leider auch nicht sehen. Also gehe ich weiter flussaufwärts.

Wenige Kilometer später gelange ich an ein kleines Dorf. Auf dem Ortseingangsschild steht »Förste-Nienstedt«. Ist es von Truppen besetzt? Ich kann nichts entdecken. Eine sehr riskante Situation. Wenn ich entdeckt und kontrolliert werde, ist es aus. Papiere habe ich nicht. Ich entschließe mich dazu, mir irgendwo eine ruhige Stelle zu suchen und die Abenddämmerung abzuwarten. Zum Glück dauert es nicht lange, bis es so weit ist. Von meinem Versteck aus konnte ich den Dorfeingang beobachten. Es waren keine feindlichen Truppen oder herumstreunenden Polen zu sehen. Also riskiere ich es und schleiche durch das Dorf. Schnell komme ich an eine beschädigte Brücke. Ist sie bewacht? Ich kann nichts entdecken, also schnell rüber. Ich komme glücklich auf die andere Seite. Nun wieder aus dem Dorf hinausschleichen und wieder den Weg zurück.

Ich marschiere die ganze Nacht durch und am frühen Morgen des 22. April 1945 erreiche ich ein abgelegenes Gehöft.

Schon von weitem sehe ich einen Mann, welcher sich um einige Kühe und Schafe kümmert. Ich nähere mich ihm und er steht erwartungsvoll da. Ich schildere ihm meine Erlebnisse der letzten Tage und auch, was ich von den Bauern auf dem ersten Hof erfahren habe.

Der ältere Bauer willigt ein, mich hier für einige Zeit zu beherbergen und mich zu beschäftigen, bis alles in einigermaßen geregelten Bahnen läuft und ich mich in Richtung Heimat absetzen kann.

Der Bauer erzählt mir auch von den neusten Frontberichten: Immer weiter wird die Wehrmacht zurückgedrängt, der Feind treibt zerschlagene Resteinheiten vor sich her, Franzosen stehen vor Vorarlberg, die Sowjets haben Berlin fast vollständig eingeschlossen, der Führer leitet die Abwehrschlacht gerüchteweise aus der Stadt heraus. Die Festung Harz hat kapituliert. Mir sind all diese Nachrichten recht egal – für mich ist der Krieg bereits jetzt aus.

ENDE

Totenfeld vor Berlin

Ein letztes Mal betätigte ich in den Abzug meines MG 42. Die Schulterstütze schlug gegen meinen Oberkörper, als die Feuergarbe aus der Mündung fetzte. Sie jagte auf den in etwa 100 Meter entfernt taumelnden Sowjet zu und hämmerte in seinen Unterleib. Der Mann riss die Arme in die Höhe, vollführte einen Ausfallschritt nach links und brach dann über einem regungslos im Dreck liegenden Genossen zusammen.

Noch lag der dichte Morgennebel über dem Vorfeld und versperrte die Sicht auf das Gelände und die nun dort liegenden gefallenen Rotarmisten.

»Übernimm mal das MG, Peter. Ich will schauen, ob da vorne noch einer am Leben ist. Und bleib ruhig, es war wahrscheinlich nur ein Stoßtrupp. Der sollte bestimmt nur erkunden, wo und wie stark unsere Stellungen sind, und ist dann unglücklicherweise genau auf uns gestoßen«.

Peter Kleinkamp, gerade einmal 16 Jahre alt, am ganzen Leib bibbernd, sah mich mit einer Mischung aus Erstaunen und Freude an. »Aber Herr Feldwebel, der Herr Leutnant hat doch ausdrücklich befohlen, dass nur die erfahrenen Soldaten als Schütze 1 fungieren sollen!«, sagte er. Nun, da hatte der Junge mit dem erwartungsvollen Blick zwar recht, doch ich hatte nicht die Absicht, ihn, der als mein Schütze 2 tätig war, nach vorn zu schicken, um wieder für ein einigermaßen freies Schussfeld zu sorgen und eben auch zu schauen, ob noch jemand am Leben war. Und darüber hinaus ... wer wusste wohl besser, was weggeräumt werden musste, um wieder uneingeschränkt schießen zu können? Ich als Feldwebel, der in diesen Apriltagen des Jahres 1945 auf immerhin drei Jahre Ostfronterfahrung zurückblicken konnte, oder ein blutjunger Leutnant ohne irgendwelche Erfahrung, den man direkt aus der Offiziersschule an die Front geschickt hatte? Jener Leutnant ohne jede Erfahrung war uns sogar als Kompaniechef vorgesetzt worden! So etwas wäre früher nicht denkbar gewesen, aber es schien wirklich einen starken Mangel an Offizieren zu geben in diesen Tagen. Was in Friedenszeiten vielleicht ein Hauptmann oder auch ein langgedienter Oberleutnant erledigt hätte, sollte nun also ein 20-jähriger Leutnant ohne nennenswerte Kampferfahrung schaffen. Und was den jungen Männern vom Ersatz an Erfahrung fehlte, sollten sie mit Glauben und Eifer ausgleichen. »Unser Glaube zum Führer Adolf Hitler verbürgt den Endsieg!«, war immer wieder an Wänden und auf Plakaten zu lesen.

»Mach es einfach, und wenn sich da vorn irgendetwas verdächtig bewegen sollte, hältst du drauf!«, sagte ich zu Peter, ohne meine mich schon lange quälenden Gedankengänge durch meine Stimmlage zu verraten.

Also kroch ich auf dem Bauch ungefähr 50 Meter nach vorn, um die ersten Hindernisse, die mir Sicht und Schussfeld versperrten, wegzuräumen. Da es erst 01:00 Uhr morgens war, gab mir die Dunkelheit wenigstens ein wenig Deckung, und ich erreichte mein Ziel offensichtlich unentdeckt. Jedenfalls kam vom Russen keine Reaktion, die etwas anderes bewiesen hätte. Mit Erschaudern wurde mir jetzt wieder klar, dass das, was ich hier mühsam beiseiteschob und nach wichtigen Dokumenten durchsuchte, nicht irgendwelche Gegenstände waren, sondern gefallene Sowjetsoldaten, die es bis kurz vor unser MG-Nest geschafft hatten und hier niedergestreckt worden waren, als ihr Angriff steckengeblieben war. Wer nicht unserem MG zum Opfer gefallen war, hatte sich eiligst wieder zurückgezogen.

Ich hatte in den letzten drei Jahren schon zu viel Tot und Elend gesehen, um von dieser Arbeit noch besonders schockiert zu sein, auch wenn ich gelegentlich gegen einen Brechreiz ankämpfen musste, wenn ich auf einen Rotarmisten stieß, der durch unser MG 42 mit seiner Kadenz von 1.600 Schuss pro Minute allzu schrecklich zugerichtet worden war. Doch wie sollte es da erst Peter mit seinen jungen Jahren zu Mute sein? Er, der den Krieg nur aus der Wochenschau kannte, denn er hatte das Glück, aus einem kleinen Dorf zwischen der Oder und Berlin zu stammen. Er sagte selbst, er habe zwar die Bomberströme gesehen, wenn die Alliierten wieder einmal die Reichshauptstadt bombardiert hätten, und manchmal sei eine Bombe in eines der umliegenden Felder gekracht, wenn sich ein angeschossener Bomber seiner todbringenden Last entledigt habe. Oder er sah die Elendsströme von Flüchtlingen aus den deutschen Ostprovinzen Pommern, Schlesien und Ostpreußen, die erst einzeln, doch später immer häufiger durch sein Dorf weiter nach Westen zogen, in den Schutz des Reiches, wie es damals geheißen hatte. Doch den Feind selbst direkt zu Gesicht bekommen hatte er zuvor noch nie.

Nach etwa einer halben Stunde hatte ich die Gefallenen so weit weggeräumt, das sie nicht mehr im Weg lagen. Ich hatte sie wie gesagt rasch auf eventuelle persönliche Gegenstände und Dokumente, welche für unsere Abwehr wichtig sein könnte, untersucht, und schlich nun wieder in die MG-Stellung zurück.

Ich wunderte mich, dass die Russen uns nach dem gescheiterten Stoßtruppunternehmen so einfach in Ruhe ließen und uns nicht mit ihrer Ari belegten, denn Munitionsmangel war bei den Roten schließlich ein Fremdwort. Nicht umsonst bezeichnete Stalin seine Artillerie als Gott des Schlachtfeldes.

Jedenfalls war ich froh, als ich ohne Zwischenfälle in unserer Stellung ankam. Peter kniete hinter dem MG und beobachtete das Vorfeld. Als ich mich zu ihm gesellte, schaute er mich an, rückte seinen viel zu großen Helm zurecht und wollte mir ordnungsgemäß Meldung machen. Ich winkte ab und fragte ihn, ob denn alles in Ordnung sei und wie es ihm gehe.

Nach dem Angriff der Russen war es jetzt die erste Gelegenheit, mit ihm über das gerade Erlebte zu sprechen, und er hatte sehr viel auf dem Herzen. Denn schließlich war es das erste Mal gewesen, dass er wirklich das sprichwörtlich Weiße im Auge des Gegners gesehen hatte.

Ich beantwortete ihm seine Fragen und hörte mir seine Ausführungen an. Dabei konnte ich nicht verhindern, dass ich mit meinen Gedanken abschweifte und darüber nachdachte, wie es kam, jetzt dort zu sein, wo ich war, in einem mehr schlecht als recht ausgebauten MG-Nest, mit einem bunt zusammengewürfelten Haufen von Männern, die man eigentlich nicht als Soldaten bezeichnen konnte. Einige von ihnen waren so alt, dass sie meine Väter hätten sein können. Unter ihnen befanden sich auch Veteranen des ersten Großen Krieges. Aber auch Knaben, die gut und gerne meine kleinen Brüder hätten sein können, genau wie mein Schütze 2 Peter Kleinkamp. Und geführt wurden wir auch noch von diesem Leutnant, der noch nie Pulverdampf von krepierenden Granaten gerochen und noch nie das Pfeifen einer Kugel gehört hatte, die an seinem Kopf vorbeifliegt.

*

»Mensch was war denn bei euch los?«, fragte mich Leutnant Schütz, nachdem er in unser MG-Nest gerutscht war und mich dadurch aus meinen Gedanken gerissen hatte.

»Ach, nur ein Spähtrupp, denke ich. Die wollten wahrscheinlich auskundschaften, wo unsere Stellungen verlaufen, um die Ergebnisse dann an ihre Ari durchzugeben«, meinte ich zu dem unerfahrenen Leutnant. »Haben Sie gesehen, ob und, wenn ja, wie viele sich wieder absetzen konnten, und sind vielleicht Russen um ihre Stellung herumgekommen?«, fragte Schütz weiter.

»Nein, Herr Leutnant, konnte ich leider beides nicht beobachten. Aber ich glaube nicht, dass welche unsere Stellung umgangen haben. Dafür kam unser Feuerschlag zu

77

überraschend«, gab ich zurück. Der junge Leutnant zog die linke Augenbraue hoch und meinte nur: »Na ja, mit Glauben ist mir nicht viel geholfen! Was meinen Sie den, was mir der Herr Hauptmann antwortet, wen ich ihm das so vortrage? Ich werde ihm vorschlagen, dass wir am besten einen Spähtrupp ins Gelände schicken, um nach Versprengten oder weiteren Truppen zu suchen. Was meinen Sie dazu?«

Ich antwortete nur: »Jawohl, Herr Leutnant.«

Was sollte man dazu auch sagen? Einerseits hatte er ja recht. Andererseits, mit welchen Leuten wollte er denn den Spähtrupp starten? Mit den Alten, die bei jeder Bewegung irgendwelche anderen Schmerzen hatten und deren Moral mehr als zu wünschen übrigließ? Oder mit den jungen Pimpfen, deren Moral und Disziplin zwar weit besser war als die der Alten … Doch war es ein einziges Verbrechen, diese Jungs für eine verlorene Sache noch ins Feuer zu schicken. Auch verfügten sie über keinerlei Kampferfahrung.

Blieben also nur wir paar alte Landser. Natürlich würde keiner von uns Frontschweinen nein sagen, doch wer sollte denn diesen Haufen noch zusammenhalten, wen es uns dann auch erwischen sollte? Aber auch diese Sorgen sprach ich natürlich nicht aus. Schütz sah wahrscheinlich an meinem Gesichtsausdruck, dass ich mir meine eigenen Gedanken machte, sagte aber nur: »Na ja, ich werde dem Herrn Hauptmann erst einmal das hier Geschehene melden. Wir werden dann ja sehen, was er dazu sagt. Dann haltet hier erstmal weiter die Augen offen.«

Er verabschiedete sich mit diesen Worten und ich übergab ihm noch schnell die wenigen Sachen, die ich bei den Gefallenen gefunden hatte. Ich schaute ihm nach und hoffte nur, dass dieser junge Offizier nicht wirklich auf die Idee kommen würde, sich noch irgendwelche Orden und Auszeichnungen verdienen zu wollen. Zu Peter gewandt sagte ich: »Los, Peter, wir gehen in unser Ausweich-MG-Nest. Vielleicht haben die Russen unsere jetzige Stellung doch ausgemacht, und dann bekommen wird noch ein paar schwere Koffer auf den Kopf, wenn sie angreifen.

Auf dem Weg schaute Peter mich an und fragte mit zitternder Stimme: »Herr Feldwebel, meinen Sie wirklich, dass die Russen uns angreifen werden? Der Führer hat doch gesagt, dass die Wunderwaffen bald einsatzbereit sind und auch, dass neue Offensivtruppen bereitstehen!«

Um den Jungen nicht noch mehr zu beunruhigen, als er es jetzt schon war, erwiderte ich nur, dass wir uns trotzdem auf alle Eventualitäten vorbereiten müssten. Schließlich bräuchten diese Offensivtruppen geeignete Aufmarschräume für eine Gegenoffensive. Peter schaute mir fest in die Augen und sagte: »Herr Feldwebel, wir werden die Russen doch nicht über die Oder lassen, oder? Sie werden doch niemals herüberkönnen? Meine Eltern wohnen doch nur wenige Kilometer vom Fluss weg!«

»Nun ja, wir werden auf jedem Fall alles versuchen, das zu verhindern«, sagte ich schnell.

Mein Gott, Junge, die Russen sind schon über so viele Flüsse gekommen: über den Don, den Dnjepr, den Donez, die Donau und die Weichsel, und auch über die Oder sind sie schon an anderen Stellen rüber, und hier kommen sie auch früher oder später rüber, wen nicht doch noch etwas an den Wunderwaffen dran ist, dachte ich für mich. Doch jetzt war es wichtiger, den Jungen zu beruhigen, daher ergänzte ich laut: »Mach dir keine Sorgen, der Führer wird sich schon etwas einfallen lassen, er ist ja schließlich auch in Berlin, und nun leg dich ein wenig hin und schlaf, ich übernehme die nächste Wache.«

Es dauerte nicht lange und er entglitt in den Schlaf. Ehe er die Augen schloss, flüsterte er: »Ich werde sie jedenfalls nicht herüberlassen!«

*

Was ich zu diesem Zeitpunkt nicht wusste, war, dass eine noch nie dagewesene Streitmacht auf der anderen Seite der Oder zum Angriff bereitstand. Mit einer unglaublichen Zusammenballung von 16.000 bis 20.000 Artilleriegeschützen, 2,5 Millionen Soldaten, aufgeteilt auf drei sowjetische Fronten, und einer Luftstreitmacht, die auf deutscher Seite kaum noch Gegner hatte, auch wenn sich Piloten wie Erich Hartmann, Hermann Graf und Hans-Ulrich Rudel immer wieder dem Feind entgegenwarfen, Maschine um Maschine vom Himmel holten oder reihenweise Panzer und Geschütze zerstörten.

Auch ahnte weder ich noch irgendein anderer deutscher Soldat an der Front, dass Hitler über gar keine Wunderwaffen oder neue Offensivdivisionen verfügte, denn auch wenn wir so unsere Zweifel hatten, stirbt die Hoffnung bekanntlich zuletzt. Es wurden zwar bahnbrechende Entwicklungen in der Waffentechnik gemacht und einige davon sogar zur Serienreife gebracht wie zum Beispiel die Messerschmitt Me 262, die Arado Ar 234, revolutionäre Raketentechnologien wie die Fieseler Fi 103, genannt V1, und die A4, besser bekannt als V2, doch waren diese in viel zu geringen Stückzahlen verfügbar, um kriegsentscheidend wirken zu können.

Und so stemmten wir uns gegen einen übermächtigen Feind und kämpften einen aussichtslosen Kampf aus Angst davor, was nach einer deutschen Niederlage mit unseren Liebsten geschehen würde.

Ein Kamerad erzählte mir einmal, dass sie es bei einem Gegenangriff in Schlesien geschafft hätten, mehrere Ortschaften zurückzuerobern. Das Schicksal wollte es, das ihr Kompanieführer seine eigene Heimatstadt mit freikämpfte. Als sie in der Nähe seines Elternhauses angelangt waren, war er kaum noch im Zaum zu halten. Der Kamerad meinte, ihr Kompanieführer habe buchstäblich wie ein Berserker aus den alten Wikingersagen gekämpft. Es gelang ihnen schließlich, die

Stadt gänzlich zu befreien, und der Kompanieführer stürmte in sein Elternhaus. Doch was er dort vorfand, war wohl zu viel für diesen stahlharten, hochdekorierten und bewährten Frontoffizier. Er fand seine abgeschlachteten Eltern vor und hielt seine offensichtlich geschändete und danach zu Tode gequälte Schwester in den Armen. So schnell, dass niemand es verhindern konnte, zog er seine P 38 und erschoss sich. Der Kamerad, der mir diese Geschehnisse schilderte, meinte, dass es nicht nur in diesem Haus solche Funde gegeben habe, sondern im ganzen Ort, genauso wie in vielen anderen Ortschaften, aus denen die Bewohner nicht schnell genug herausgekommen waren, weil sie zu spät von den örtlichen Parteileitungen benachrichtigt oder sogar an einer rechtzeitigen Flucht gehindert worden waren. Die Angst davor, wie die Russen in unserer Heimat wüten würden, begleitete uns Soldaten zu jeder Zeit. Es war keineswegs nur Propaganda gegen den Feind. Immer wieder wurde es zur traurigen Tatsache. Wohl rächte sich der Russe auch für das, was wir Jahre zuvor in seinen Landen veranstaltet hatten, aber darüber dachten wir lieber nicht nach.

Stattdessen kämpften wir nun dafür, dass die Menschen, die sich schon auf der Flucht befanden und oft nur noch ihr nacktes Leben hatten, dies nicht auch noch verloren, indem sie einer außer Kontrolle geratenen Soldateska in die Hände fielen.

*

Als Peter gegen Mittag wieder wach wurde, übernahm er die Wache und ich ging zum Kompaniegefechtsstand, um vielleicht etwas Neues zu erfahren und um zu schauen, ob es ein paar Panzerfäuste und Handgranaten für uns gab. Denn ein MG ist im Gefecht gegen Infanterie ja eine tolle Sache, doch gegen Panzer vollkommen nutzlos, und Panzer hatten die Sowjets leider mehr als genug. Sie wurden von den westlichen Alliierten und hier vor allem von den Vereinigten Staaten von Amerika und ihrem gewaltigen Industriepotential reichlich damit versorgt, genauso wie die Armeen von Großbritannien, den Freien Franzosen des Generals Charles de Gaulle, den Commonwealth-Staaten, Brasilien und auch die Exilpolnischen Truppen. Aber auch ihre eigene Industrie lief auf vollen Touren und lieferte Panzer, Flugzeuge und Geschütze in Massen.

Als ich so durch die Stellungen schlenderte, fiel mir sofort auf, dass unsere ehemaligen Hitlerjungen nun wenigstens halbwegs anständige Uniformen trugen. Denn, als wir sie vor wenigen Tagen zugeteilt bekommen hatten, hatten sie alle nur ihre HJ-Uniformen am Leib gehabt, und ich meinte zu unserem Leutnant, dass er doch bitte zusehen solle, für die Jungs anständige Wehrmachtsuniformen zu bekommen. Notfalls auch ohne Rangabzeichen. Auch solle jeder schauen, ob er ein paar Uniformteile entbehren könne. Ich gab meine mehr oder weniger überflüssigen Uniformstücke Peter, denn wenn die Russen ihn in seiner Hitlerjugenduniform in die Hände bekommen würden, würden sie ihn sofort erschießen. In einer Uniform der Wehrmacht hatte er wenigstens eine gewisse Chance, in der Gefangenschaft zu überleben.

Nun, mein Vorschlag trug augenscheinlich Früchte.

Wenigstens etwas, dachte ich für mich. Doch sah ich auch, dass die Bewaffnung der Jungen und des Volkssturms noch immer unbeschreiblich schlecht war. Meistens führten sie tschechische, holländische oder auch französische Gewehre, und die Munitionslage für diese restlos veralteten Waffen war noch schlimmer. Teils hatten ihre Besitzer nur fünf Schuss am Mann.

Als ich im Gefechtsstand ankam, teilte mir Leutnant Schütz mit, der Herr Hauptmann, dessen Name mir so gar nichts sagte und den ich daher auch schnell wieder vergaß, habe befohlen, dass alle seine Einheiten sich spätestens 03:30 Uhr nachts am 16. April auf die an den Seelower Höhen gelegene erste

Verteidigungslinie absetzen sollen. An höherer Stelle wurde mit dem erwarteten russischen Angriff spätestens gegen 04:00 Uhr am besagten 16. April gerechnet.

Das war für mich natürlich erst einmal ein mächtiger Schock, denn das wäre ja bereits kommende Nacht! Es sollte auch jetzt noch nichts gesagt werden, um keine Panik aufkommen zu lassen, und der Feind sollte auch nicht durch eventuelle Gefangene gewarnt werden, dass wir seinen Angriffszeitpunkt kannten. Mir als Führer einer direkt der Kompanie unterstellten MG-Mannschaft und den kurz nach meiner Ankunft herbeigerufenen Zug- und Gruppenführen wurde außerdem noch mitgeteilt, das mit starken Aktivitäten von Verrätern der Seydlitz-Truppe gerechnet werde. Wie man diese Verräter erkennen sollte, wurde uns leider nicht gesagt, was aber eine nützliche Information gewesen wäre, denn in unserem zusammengewürfelten Haufen kannte ja leider niemand den anderen, und da wäre es nun mal ein Leichtes für diese Truppe, in die deutschen Stellungen einzusickern und Verwirrung und Unsicherheit zu stiften.

Nach der Besprechung, als soweit alle Fragen und Vorgehensweisen geklärt waren, fragte ich den Herrn Leutnant nach einer Zuteilung von vielleicht vorhandenen Panzerfäusten und Handgranaten. Zu meiner Überraschung war beides in zufriedenstellendem Maße vorhanden. Ich bekam erst einmal vier Panzerfäuste und eine Handgranatenkiste, die noch fast halbvoll war, und ich dachte mir nebenbei: *Nun ja, wenigsten hat sich der befürchtete Spähtrupp damit erledigt.*

Da ich diese, mir zugeteilten Waffen aber nicht allein tragen konnte, wurde mir ein Kamerad vom kleinen, aber doch verhältnismäßig schlagkräftigen Kompanietrupp, der ausnahmslos aus altgedienten Frontsoldaten bestand, zur Seite gestellt.

Als wir so durch unsere jetzigen Stellungen schritten und ich die Männer sah, die draußen auf Wache standen, überkam mich mal wieder das Gefühl und die Gewissheit, dass diese Soldaten – wenn man sie denn so nennen durfte – nicht mehr viel mit der glorreichen und mächtigen deutschen Armee gemein hatte, die Polen, Dänemark, Norwegen, Belgien, Holland, Luxemburg und Frankreich überrannt, Nordafrika fast erobert hatte und tief in die Weiten der Sowjetunion vorgestoßen war. Was ich hier sah, war eine Ansammlung von abgekämpften Landsern, eine Meute alter Männer, im Gefecht wohl mehr Hindernis als Verstärkung, und natürlich die Jungen, die oftmals direkt von den Schulbänken an die Front geschickt wurden. Doch im Gegensatz zu den Alten hatten diese Jungs eine enorm hohe Kampfbereitschaft und ein sehr hohes Wissen im militärischen Sinne. Schließlich waren sie von klein auf in militärischen Dingen geschult worden. Zuerst im Jungvolk, dann verstärkt in der Hitlerjugend und danach schließlich im Reichsarbeitsdienst, oder sie waren gleich zu den Flakhelfern gegangen. Dennoch war unsere Mannschaftsstärke und deren Kampfwert insgesamt nicht hoch genug. Von der Ausstattung mit Waffen und Gerät ganz zu schweigen.

War der Krieg mit dieser Armee noch zu gewinnen? Hoffte der Führer auf eine Rettung in letzter Minute, wie es einst bei seinem großen Vorbild, Friedrich dem Großen, der Fall gewesen war? All dies ging mir durch den Kopf, als ich mit dem Kameraden vom Kompanietrupp, einem Unteroffizier, in meine Stellung stiefelte, und ich denke, er machte sich währenddessen auch so seine Gedanken über unsere Situation. Er schaute oftmals nach rechts und links zu unseren neuen Kampfgefährten, die kurze Zeit vorher noch ein mehr oder weniger ruhiges Zivilleben geführt hatten trotz der ständigen Bombenangriffe, und schüttelte danach den Kopf. Er blickte dann einfach auf den Boden, sprach aber sonst kein Wort.

Als wir in unserer Stellung ankamen, musterte er mich und fragte: »Mensch, was sagst du zu unserer Situation? Wenn die Russen erst einmal wieder marschieren, dann halten wir die vor Berlin nicht mehr auf. Es sei denn, die Herren in Berlin schütteln endlich mal was von ihren tollen Wunderwaffen aus dem Ärmel!«

Peter hörte diese Äußerung und griff ob der mehr als entmutigenden Frage nach dem für ihn wahrscheinlich letzten Strohhalm, indem er für mich antwortete: »Der Führer wird sich schon was einfallen lassen. Er hat sich bis jetzt immer was einfallen lassen. Ich habe gehört, er führt schon gesonderte Friedensverhandlungen mit den Westalliierten, und wenn dann die Amis und die Engländer erst hier sind und an unsere Seite kämpfen, dann können die Russen aber die Beine in die Hand nehmen und gleich bis Moskau durch...«

»Man, Kleiner, jetzt hör aber auf. Die Amis sind jeden Tag hier und schmeißen ihre verdammten Bomben auf unsere Städte, und die Tommys machen dasselbe jede Nacht, und gemeinsam machen sie mit ihren verdammten Jabos sogar auf einzelne Soldaten Jagd! Das habe ich an der Westfront oft genug erlebt. Und was haben wir denen schon noch anzubieten für einen einseitigen Frieden?«

In Peters Gesicht sah ich die tiefe Enttäuschung ob der ungeschminkten Wahrheit, die ihm gerade eingeschenkt worden war. Um ihn wenigstens wieder ein wenig zu ermutigen, sagte ich: »Na ja, ganz am Ende sind wir ja auch noch nicht. Denkt nur an unsere Offensiven in den Ardennen oder am Plattensee. Damit hatten ja wohl weder die Amis noch der Iwan gerechnet.« Und ich war froh, dass der Kamerad nicht etwas entgegnete wie »Gebracht hat es uns ja nichts« oder »Ja, das hatte dann auch unsere letzten Reserven an Soldaten und Material vernichtet«. Er antwortete stattdessen: »Und wenn schon.«

Daraufhin verabschiedete er sich schmallippig und machte sich wieder auf den Weg zur Kompanie. Ich erkundigte mich bei Peter, ob alles klar sei. Der Junge sah zu mir auf und fragte mich geradewegs heraus, ob ich glaubte, dass der Krieg zu einem guten Schluss für uns kommen werde. Ich musste unweigerlich daran denken, dass Zweifel am Endsieg hart bestraft werden konnten. Ich sagte ihm, dass es eine Lösung für uns geben müsse, denn unsere ganzen Opfer könnten doch unmöglich alle umsonst gewesen sein. Bei diesem Satz sah ich meine gefallenen Kameraden noch einmal vor meinem geistigen Auge und musste mich wegdrehen, damit Peter nicht das Glänzen in meinen Augen bemerkte. Ich erklärte schließlich, dass er in den Mannschaftsbunker gehen und sich bis 16:00 Uhr ausruhen solle. Denn die nächste Nacht werde bestimmt anstrengend und wir müssten noch ein paar geballte Ladungen anfertigen, denn man könne die Russenpanzer schließlich nicht ohne irgendwas aufhalten. Ich versuchte dabei, so viel Optimismus in meine Stimme zu legen, wie es mir möglich war.

Als Peter gegen 16:00 Uhr wieder zurückkam, hatte er sogar ein volles Essgeschirr und eine zusätzliche eiserne Ration für mich bei sich. Denn meine hatte ich im Laufe des Tages schon gegessen. Leider war die Versorgungslage sehr bescheiden und wir hatten schon eine Weile lang keine Verpflegung mehr bekommen. Nachdem ich mein neues Essgeschirr gelehrt hatte, machten wir uns an die Herstellung der geballten Ladungen. Im Laufe dieser Arbeit fragte ich Peter, ob er mit einer Panzerfaust umgehen könne. Er antwortete voller Freude: »Na klar, das hatte man uns bei einer Lehrveranstaltung in der Hitlerjugend beigebracht. Da war sogar ein Offizier der Division ›Großdeutschland‹ als Lehrer dabei. Bei so einem hatten wir uns alle richtig ins Zeug gelegt, um uns nicht zu blamieren. Das war vielleicht ein tolles Ding.«

Ich war über seine hier offen zur Schau gestellte Naivität geschockt. Er sprach über das Erlernen vom Umgang mit Kriegswaffen, wie meine Freunde und ich über Fußball oder Ähnliches gesprochen hatten, als wir in seinem Alter gewesen waren. Doch für ihn schien es nichts Natürlicheres auf der Welt zu geben als eine Panzerfaust zu bedienen.

Gegen 17:00 Uhr, als wir einige geballte Ladungen hergestellt und ich Peter eine kurze Einweisung gegeben hatte, teilte ich ihm den Befehl von Leutnant Schütz mit. Als ich das Unverständnis in seinem Gesicht bemerkte, fühlte ich mich verpflichtet, etwas zu erklären: »Es ist allemal besser, ein unbedeutendes Geländestück preiszugeben, anstatt es zu halten und von der russischen Ari zusammengetrommelt zu werden. Verstehst du? Denn wenn du tot in den verschütteten Gräben liegst, kannst du die Russen auch nicht mehr aufhalten.«

Auf Peters Einwand hin, dass der Iwan doch dann der Oder wieder ein Stück näherkommen und sie schließlich überschreiten werde, erläuterte ich: »Er hat aber auf der anderen Flussseite nicht genug Platz für einen Brückenkopf, den er aber braucht, wenn er weiter offensiv werden will.«

Ob diese Behauptung nun richtig war oder nicht, sie beruhigte ihn erst einmal. Nach dem Gespräch meinte ich, dabei ein Lächeln versuchend: »Also, ich gehe mal in den Mannschaftsunterstand und horche, ob es was Neues gibt. Oft weiß ja ein alter Oberschnapser mehr als ein kommandierender General. Anschließend schau ich noch einmal bei unserem Leutnant vorbei, um zu erfahren, wann und in welcher Reihenfolge wir uns nun genau absetzen sollen.«

Also begab ich mich in den Unterstand, der eigentlich 20 Mann Platz bot, aber momentan viel mehr Männer beherbergte. Die Luft war durch Zigarettenqualm, Schweiß und anderen Mief zum Schneiden dick und es roch nach Menschen, die schon lange nicht mehr dazu gekommen waren, sich anständig zu waschen.

Im Inneren war alles vertreten, was das Großdeutsche Reich zu bieten hatte und in meinem Haufen zusammenwürfelte: Wir hatten Soldaten der Luftwaffe, ehemalige Seeleute der Kriegsmarine, die aus Mangel an Flugzeugen beziehungsweise Schiffen zum Heer abkommandiert worden waren, einige Hitlerjungen wie Peter und angehörige des RAD. Natürlich durfte auch der Volkssturm nicht fehlen. Er stellte die »V3« dar, wie es unter uns alten Landsern manchmal mit etwas Sarkasmus hieß. Ich fühlte mich in diesem Haufen immer noch nicht wohl und fand irgendwie keinen richtigen Anschluss an die Kameraden. Daher war ich eigentlich ganz froh, dass ich mit meiner MG-Mannschaft, die wegen Personalmangels über keinen Schützen 3 verfügte, sondern nur aus Peter und mir bestand, direkt Leutnant Schütz unterstellt war. Dennoch versuchte ich mich mit den anderen bekannt zu machen und sie kennenzulernen, denn von ihnen könnte im Ernstfall ja mein Leben abhängen. Da war es von Vorteil, die Macken und Marotten der anderen zu kennen.

Ich betrat also leise den Bunker und hörte gerade noch einen Kameraden in Marineuniform sagen: »Wenn ich es euch doch sage … Ich habe aus zuverlässiger Quelle gehört, dass der Adolf mit den Tommys und Amis gemeinsame Sache gegen die Russen machen will. Das ist alles schon geklärt, die warten nur noch auf den richtigen Augenblick und dann geht es gemeinsam mit uns Marschrichtung Moskau! Gut, die Franzmänner wollen angeblich nicht mitmachen, aber wer braucht die dann noch?«

Ein etwas älterer Unteroffizier, der nach seinen Kragenspiegeln zu urteilen von einer Instandsetzungseinheit stammte, entgegnete: »Mensch, das wäre ja ein tolles Ding. Überlegt mal, wir mit der nötigen Technik und der Erfahrung im Ostkampf und die Amis mit ihrer Industrie. Da jagen wir den Iwan doch bis nach Sibirien!«

Darauf folgte zustimmendes Gemurmel. Letztendlich ergriff der erste Redner wieder das Wort und erläuterte weiter: »Wir müssen nur noch für kurze Zeit die Front halten, bis im Westen dann alles klar ist und die Amis und Tommys alles umorganisiert haben. Dann geht's los. Dann lernt endlich der Russe wieder das Laufen.«

Leises Gelächter klang auf; ich drehte mich um und ging wieder raus. Auf dem Weg zum Kompaniegefechtsstand überlegte ich, dass es im Grunde gut sei, wenn die Leute an solche Parolen glauben würden. Das war nicht schlecht für die Moral, und ich musste mir selbst eingestehen, dass ein wenig Hoffnung sogar in mir aufkeimte, auch dann noch, als ich mir die Meinung des Unteroffiziers vom Kompanietrupp über dieses Thema wieder ins Gedächtnis rief. Doch was mit der Moral der Truppe passieren würde, wenn diese letzte Hoffnung auf Rettung auch zerbrach, darüber wollte und konnte ich nicht nachdenken.

Als ich im Gefechtsstand ankam, war dort bereits reges Treiben im Gange. Alles befand sich in Aufbruchsstimmung und ich stellte mir vor, was passieren würde, wenn nun unverhofft ein russischer Angriff über uns hereinbrechen würde. Die Tätigkeiten hier waren eigentlich nicht zu übersehen. Das Chaos würde dann wohl perfekt sein, der Kompanieführer war augenscheinlich im Papierkrieg untergegangen, die Nachrichtenleute hatten ihre Geräte bereits abgebaut. Also gab es keine Funkverbindung mehr zu den einzelnen Zügen oder zum Bataillon, und die Melder waren mit dem Zusammenpacken oder Verbrennen von mehr oder weniger wichtigen Papieren beschäftigt. Dann sah ich den Leutnant ebenfalls irgendwelche Papiere zusammenpacken. Ich ging zu ihm hinüber, grüßte kurz und fragte ihn, ob es nun schon einen Plan zum Lösen aus den bisherigen Stellungen und zum Einsickern in die neue HKL auf der anderen Seite der Oder gebe. Der junge Offizier antwortete, ohne seine scheinbar sehr wichtige Arbeit zu unterbrechen: »Um 01:30 Uhr lautloses Lösen aus den bisherigen Stellungen in der Reihenfolge Kompanietrupp, Stab und dann die einzelnen Züge, Erster, Zweiter und so weiter, immer mit vier Minuten Abstand, wobei der Dritte Zug als Nachhut in Stellung bleibt und volle Stärke in den alten Stellungen vortäuscht. Aber das braucht Sie ja nicht weiter zu interessieren. Sie, Feldwebel, sind also 02:15 Uhr hier im Gefechtsstand und gehen mit dem Stab in die neue HKL. Ich habe zusammen mit den Zugführern die Stellungen bereits erkundet und werde sie dann persönlich einweisen.«

Damit war das Gespräch vorerst erledigt. Ich grüßte noch lockerer als vorher und dachte mir: *Was soll ich denn beim Stab? Und meine neue Stellung hätte ich schon gerne selbst erkundet. Wer weiß, was für ein Schussfeld ich dort vorfinde.*

Als ich schon fast auf dem Rückweg war, rief mir Schütz nach: »Wer hat denn eigentlich Ihr MG in der Zeit übernommen, in der sie hier spazieren gehen? Doch nicht etwa einer dieser jungen Pimpfe? Mein Befehl in dieser Sache war ja wohl eindeutig! Machen Sie bloß, dass Sie in ihre Stellung kommen! Ich hätte Ihnen schon noch einen Melder vorbeigeschickt, um Ihnen Bescheid zu geben.«

So ein arroganter Kerl, der ist doch selbst nicht viel älter, aber der wird sich umschauen. Wenn der Russe erstmal loslegt und wenn die Luft erst einmal richtig brennt, wird der auch noch ruhiger, dachte ich mir. Als ich dann wieder meine Stellung erreichte, wollte Peter wieder eine lehrbuchmäßige Meldung machen. Ich winkte nur ab, fragte stattdessen, ob es etwas Besonderes gegeben habe und wer denn der Besuch in unserer Stellung sei. Peter und der Fremde, der in etwa im gleichen Alter sein mochte, schauten mich etwas verlegen an. Als ich auffordernd und schroffer als gewollt mit einem »Na wird's bald!« auf eine Antwort drängte, gab der Freund bereitwillig Auskunft. Er hieß Otto Kania, war, wie ich bereits vermutete, ebenfalls 16 Jahre alt und kam aus Schlesien.

Bei den ersten Kämpfen im Oberschlesischen Industriegebiet war er verwundet worden und war zu seinem Glück nicht in ein Breslauer Lazarett, sondern gleich nach Berlin gebracht worden. Dort hatten sich die zwei bei einer HJ-Veranstaltung kennengelernt und angefreundet. Und da er gerade keine Wache hatte, schaute er bei seinem Freund vorbei.

Ich antwortete in einem schon fast väterlichen Ton, dass das ja alles schön und gut sei, sie hier aber nicht auf einem Spielplatz seien, wo man mal einfach rumspazieren könne, sondern an der Front, wo scharf geschossen werde. Ich übernahm von Peter wieder das MG und fragte Otto, wo denn seine Stellung sei. Er antwortete knapp: »Beim Dritten Zug.«

Daraufhin nickte ich und befahl Peter: »Pass auf, du bringst Otto langsam wieder zu seinem Haufen. Auf dem Weg kommst du ja bei der Kompanie vorbei. Den restlichen Weg schafft Otto bestimmt allein. Du gehst dann zu Leutnant Schütz oder seinem Adjutanten, je nachdem, wen du zuerst siehst. Lass dich von keinem anderen aufhalten, denn schließlich sind wir ja direkt der Kompanie unterstellt und erstmal dem Schütz verantwortlich. Dann fragst du ihn oder den Adjutanten, ob noch ein oder zwei Muni-Kästen für uns da wären.«

»Aber Herr Feldwebel, Munition haben wir doch noch genug und diese zusätzlichen Kästen müssen wir ja dann auch nur in die neue Stellung schleppen! Kann ich die nicht dann holen?«, meinte Peter sehr richtig.

»Ja, aber so hast du einen Auftrag von mir und unterwegs stellt euch dann keiner irgendwelche dummen Fragen, wenn du Otto zurückbringst!« Die beiden jungen Freunde strahlten über das ganze Gesicht, ehe sie sich bedankten und munter abrückten.

»Mensch, hast ja recht, dein Feldwebel ist echt ein richtig anständiger Kerl!«, wisperte Otto, als sich die beiden entfernten.

*

»Herr Feldwebel, es ist gleich so weit!«, gab mir Peter leise zu verstehen. Mit einem Blick auf meine Uhr sah ich, dass es tatsächlich schon zehn Minuten nach 01:00 Uhr war.

Wir hatten unsere Sachen in den zurückliegenden Stunden bereits zusammengepackt und hatten deshalb nun keine große Arbeit mehr, unser Gepäck zu nehmen und uns loszumachen.

Ich nahm neben meinen wenigen persönlichen Sachen natürlich das MG, das schwere Dreibein und einen Muni- Kasten, steckte mir mehrere Handgranaten ins Koppel, hing mir zwei Ersatzläufe für das MG um den Hals und schaute dann, wie weit Peter war.

Er hängte sich zwei, mit einem alten etwa drei Zentimeter starken Lederriemen zusammengebundene Muni-Kästen um den dünnen Hals und steckte sich ebenfalls einige Handgranaten ins Koppel. Zusammen nahmen wir die alte Kiste, in die wir die angefertigten geballten Ladungen und die Panzerfäuste gelegt hatten. Nun nur noch unsere wenigen persönlichen Habseligkeiten gepackt, und so schlichen wir uns, so leise es eben mit dieser Last und ob der herrschenden Dunkelheit möglich war, aus unserer bisherigen Stellung. Jedes übermäßige Geräusch verhindernd, begaben wir uns zum Gefechtsstand. Dort angekommen, standen schon viele verschiedene Dienstgrade herum und unterhielten sich leise. Leutnant Schütz war noch nicht zu sehen. Peter und ich gingen zu dem Unteroffizier vom Kompanietrupp, den ich in dieser Versammlung als einzigen erkannte.

Ein Mann, der vielleicht Anfang 30 war und eine sehr trainierte Statur hatte, sprach uns an: »Na, ihr seid ja ganz schön bepackt. Na ja, bei den MG-Trupps macht sich die fehlende Mannschaftsstärke halt auch dadurch bemerkbar, dass man halt mehr Gepäck mit sich schleppen muss.«

Ich sah ihn im Mondschein an und suchte nach irgendwelchen Rangabzeichen, fand aber keine, ebenso wenig wie irgendwelche

Orden oder anderen Ehrenzeichen, was bei den Männern von diesem Trupp merkwürdig war, denn soweit ich es sehen konnte, trugen die meisten von ihnen mindestens das EK II. Doch besaß niemand hier ein Rangabzeichen! Handelte es sich vielleicht um eine Bewährungseinheit? Dagegen sprachen aber die Orden der übrigen Männer. Aber nun entdeckte ich, dass auch der Kamerad, den ich bereits kannte, nun keinerlei Rangabzeichen mehr trug! Nach einigem Zögern antwortete ich dann: »Ja, das waren noch Zeiten, als ich in meinem Schützenpanzer saß und durch die Gegend kutschiert wurde!« Ich grinste schief. Leises Gelächter kam auf und ich fühlte mich gleich nicht mehr ganz so unwohl. Der Kamerad vom Kompanietrupp sagte daraufhin: » So, ich stelle mich nun endlich vor. Ich bin Unteroffizier Peters, Jürgen Peters, und dieser Bursche hier ist unser verehrter Kompanietruppführer: Ritterkreuzträger, Inhaber von nicht weniger als vier Panzervernichtungsabzeichen und Besitzer der Medaille ›Winterschlacht im Osten‹ – um nur einiges zu nennen – Oberfeldwebel Erich Geiger!«

Mir hatte es ob dieser Offenbarung kurz die Sprache verschlagen und ich machte wahrscheinlich einen ziemlich dummen Geschichtsausdruck. Ich stellte erst einmal meine Kästen ab und legte mein MG beiseite, ehe ich stammelte: »Herr Oberfeld, ich wusste ja nicht … ich meine … ich sah keine Rangabzeichen?«

»Nur die Ruhe. Meine Abzeichen und Orden habe ich aus dem Grund abgelegt, weil der Russe nicht wissen muss, wer welchen Rang hat. Und meine Männer erkennen mich auch so an meiner Stimme oder am Aussehen und wenn es mir jemand nicht glauben sollte, muss ich nur kurz in meiner Tasche herumkramen. Da ist der ganze Klempnerladen drin. Das ist natürlich nur möglich, wenn man eine erfahrene und eingespielte Truppe hat. Wir hatten das Glück, dass wir so ziemlich komplett zu diesem Haufen gesteckt wurden, was mir nur durch einiges gutes Zureden und der Bekanntschaft mit einigen höheren Herren gelang. Ich habe es auch jedem meiner Leute nahegelegt, es mir gleich zu tun. Bei den Rängen hat es ja gut geklappt, aber von ihrem Lametta konnten sie sich noch nicht ganz trennen. Aber wenigsten legen sie es vor einem Gefecht ab.« Wobei er und seine Männer bei der letzten Äußerung feixten.

Als wir uns noch ein wenig unterhielten und ich ihn auf die merkwürdige Zusammenstellung eines Kompanietrupps ansprach, bekam ich als Antwort, dass sie eher als Eingreifreserve dienen würden und weniger als normaler Kompanietrupp. Im Anschluss kam der Leutnant pünktlich um 01:30 Uhr aus seinem Gefechtsstand, lief durch die Reihen, sprach mit einigen Männern ein paar Worte und befahl dann den Aufbruch.

Der Kompanietrupp sollte sich wie geplant als erstes aufmachen und der Rest der Kompanie immer in Abständen von drei bis vier Minuten folgen. Ich wollte mich gerade dem Kompanietrupp anschließen, als eine helle, aber schneidende Stimme mich anrief und meinte: »Wo wollen Sie denn hin, Feldwebel? Sie stehen zu meiner besonderen Verfügung, haben Sie das etwa vergessen? Oder denken Sie, der Kompanietrupp hat nicht genügend Kampfkraft, um in die neue Stellung zu gelangen? Oder wissen Sie gar mehr als wir alle?«

Ich wusste nicht ganz, was der Leutnant mit der letzten Bemerkung ausdrücken wollte, hatte jedoch einen Verdacht. Aber ich ließ es dabei bewenden, denn er machte auf mich auch so schon einen nervösen, angespannten und vielleicht sogar etwas ängstlichen Eindruck. Aus Erfahrung wusste ich, dass solche Leute sehr gefährlich werden konnten, und wer wusste schon, zu was dieser junge Kerl sich hinreißen lassen würde, wenn er sich in seiner Autorität untergraben fühlte und den Eindruck bekam, dass er sie vielleicht vor uns beweisen müsste?

In Zeiten von fliegenden Standgerichten und schnell einberufenen Erschießungskommandos wegen tatsächlicher oder auch nur vermuteter Feigheit vor dem Feind oder Defätismus war mir in dieser Sache jeder Widerspruch zu riskant. Ich antwortete also nur mit einem »Jawohl, Herr Leutnant« und hängte noch ein »Zu Befehl, Herr Leutnant« hintendran.

Als der vorausgegangene Kompanietrupp knapp drei Minuten unterwegs war, setzten sich dann auch der Stab und wir zwei in Bewegung. Auf dem Weg zur neuen Stellung wurde uns von einigen Kameraden beim Schleppen der Ausrüstung geholfen, denn sie wussten wohl ganz genau, welche Kampfkraft ein voll einsatzfähiges MG 42 haben kann. Doch wenn die Bedienung des Maschinengewehrs beladen war wie die Packesel, dann war es mit der Einsatzfähigkeit nicht weit her.

Wir und auch die anderen Einheiten der Kompanie kamen unbehelligt von eventuell durchgesickerten Feindkräften in den neuen Stellungen an. Sie befand sich neun Kilometer hinter unserer bisherigen Stellung. Die Linie verlief entlang des sowie im Oderbruch. Die sogenannte Großkampf-HKL verlief wiederum etwa fünf Kilometer hinter der vordersten Linie entlang der Ortschaften Lebus, Neu Tucheband, Letschin und Neu Lewin. Wie ich vermutete, war die Stellung, die mir vom Kompaniechef zugewiesen wurde, alles andere als ideal, jedoch seltsamerweise sehr nahe am Kompaniegefechtsstand gelegen. Wenigstens gab es zur Not noch eine Ausweichstellung. Also machten wir uns an die Vorbereitung unserer neuen Stellungen, denn der erwartete Großangriff der Sowjets sollte ja bald starten. Diese Offensive sollte entweder die Kriegswende bringen oder den Krieg in nächster Zukunft beenden, je nachdem, welcher Feldpostnummer man angehörte.

*

Pünktlich um 04:00 Uhr früh begann das Artilleriefeuer der Sowjets, um unsere Stellungen sturmreif zu schießen. Zum Glück schien die russische Führung nichts von unserem Stellungswechsel bemerkt zu haben.

»Mein Gott, wenn dieser Segen uns getroffen hätte, dann wäre es mit uns aus gewesen, bevor es überhaupt begonnen hätte!«, sagte ich leise vor mich hin. Peter starrte nur voller Entsetzen auf die gewaltigen Detonationen im Bereich unserer alten Stellungen. Er war nicht fähig, auch nur ein Wort hervorzubringen. Wir hatten großes Glück, denn auch beim Beschuss der rückwärtigen Stellungen, die ja dann eigentlich unsere vorderen Stellungen waren, bekamen wir nur wenig ab, und die Männer, die größtenteils noch nie einen Artillerieangriff erlebt hatten, zeigten erstaunlich viel Disziplin. Nach circa 30 Minuten wurde das Trommelfeuer eingestellt und es leuchteten schlagartig mehrere Dutzende große Scheinwerfer auf. Was dieses Schauspiel sollte, war uns jedoch nicht klar.

»Herr Feldwebel, wissen Sie, was das nun wieder für eine Teufelei von den Russen sein soll?«, fragte Peter mit zitternder Stimme. Ich schüttelte nur den Kopf und sagte zu ihm, dass er sich bereit machen solle, denn es werde gleich so richtig losgehen.

Und dann sahen wir sie kommen. Da wir in unserer neuen HKL eine erhöhte Stellung hatten, konnten wir die russischen Angriffswellen gut und sehr früh einsehen, noch dazu, da die Scheinwerfer, die uns wohl eigentlich blenden sollten, gleichfalls die sowjetischen Sturmtruppen beeinträchtigten. Ihre Lichtkegel wurden nämlich vom Pulverdampf des Artilleriefeuers und vom Frühnebel reflektiert und blendeten die Angreifer, und wir sahen sie in aller Deutlichkeit, da sie vor ausgeleuchteter Kulisse antreten mussten. Zuerst legte unsere eigene Ari ein zwar kurzes, aber heftiges Sperrfeuer mitten in die angreifenden Verbände. Dieses konnte es zwar bei Weitem nicht mit dem Beschuss der

Russen aufnehmen, war aber für unsere Verhältnisse ganz ordentlich – in den Maßstäben von 1945 gesehen.

Während das Sperrfeuer anhielt und gnadenlos durch die Reihen der angreifenden Rotarmisten pflügte, begannen die in unserem Abschnitt liegenden Pak und schweren Flak zu feuern. Ich konnte deutlich erkennen, dass sich bei der sowjetischen Infanterie, die eigentlich in Schützenreihe vorging, Verwirrung breitmachte. Dennoch rückten sie, angetrieben von ihren Offizieren und Kommissaren, nun langsamer, aber stetig vor.

Hinter den ersten zwei Infanteriewellen kamen nun auch russische Panzer in Sicht. Diese wurden aber sogleich von unserer Pak und Flak aufs Korn genommen. Trotz des eigentlich recht massiven Abwehrfeuers unserer schweren Waffen kamen die Russen scheinbar unaufhaltsam näher. Ich schaute in meine Stellung, suchte die Handgranaten, geballten Ladungen und Panzerfäuste, legte sie mir so zurecht, dass ich sie in schnellstmöglicher Zeit benutzen konnte, und befahl Peter, es mir gleich zu tun und noch einmal die MG-Gurte zu überprüfen. Nichts kann verheerender sein, als verschmutze oder falsch gegurtete Munition oder einen Hülsenklemmer mitten im Gefecht.

Ich versuchte krampfhaft, jene innere Unruhe niederzuringen, die mich vor jedem Kampf überfiel, und nach außen Zuversicht auszustrahlen, um nicht Peter auch noch mehr als sowieso schon zu beunruhigen. Dann waren die Gegner auch bei uns so nahe heran, dass ich das Feuer auf sie eröffnen musste. Links bei der Nachbarkompanie waren sie offenbar schon vorher nahe genug herangerückt, da deren MG-Stellungen nicht so weit hinter der vordersten Verteidigungslinie lagen. Oder der MG-Schütze hatte die Nerven verloren und das Feuer zu früh eröffnet, was mit zu wenig Erfahrung schnell passieren konnte, da man die Entfernungen vielleicht falsch einschätzte oder – wie gesagt – ganz einfach die Nerven verlor.

Ich sagte leise zu mir selbst: »Auf ein Neues!« Und etwas lauter an Peter gerichtet: »Bist du bereit? Hast du die Reserveläufe und die neuen MG-Gurte griffbereit?« Ich wartete das übliche »Jawohl, Herr Feldwebel« nicht ab, sondern schaute gleich durch die Zieloptik, suchte mir eine Gruppe Iwans, die ein wenig zu nahe beieinander vorrückte, wartete, bis sie gerade wieder aufsprangen, um in die nächste Deckung zu gelangen, und eröffnete das Feuer. Und wieder begann das grauenvolle, erbarmungslose Spiel. Die Kälte, die zuvor langsam, aber stetig in meine Glieder gekrochen war, war plötzlich wie weggeblasen.

Entweder sie oder ich, dachte ich mir, und schon mit den ersten Feuerstößen wurde die Gruppe wie von einer Sense niedergemäht. Diese Männer versuchten das letzte Mal in eine sichere Deckung zu gelangen. Sie sollten sie nie erreichen. Zielen und feuern auf neue, immer näher rückende Feindgruppen war dann schon bald fast ein und dasselbe, und es boten sich mir genügend Ziele. Unglaublich, mit welchen Massen die Russen angreifen konnten. Hatten sie nicht in den Jahren des deutschen Vormarsches und der großen Kesselschlachten der Jahre 1941 und 1942 Hunderttausende, ja sogar Millionen Soldaten an Toten und Gefangenen verloren? Und doch konnten sie bei jeder neuen Offensive mit einer erdrückenden Übermacht antreten, so auch diesmal wieder.

Die vor dem Hintergrund der Scheinwerferbatterien perfekt ausgeleuchteten Angreifer fielen wie die Fliegen. Nach Munition brauchte ich auch nicht zu schauen, denn mein Schütze 2 hatte in dieser Hinsicht alles bestens im Griff. Obwohl ich mit meinem MG 42 unter den anrückenden sowjetischen Sturmgruppen fürchterlich wütete, arbeiteten diese sich immer näher heran. Man musste diesen Männern wirklich Respekt zollen für ihre Todesverachtung.

»Schnell, Rohrwechsel!«, rief ich Peter aus heiserer Kehle zu. »Beeile dich und vergiss den Schutzlappen nicht, der Lauf glüht schon fast!« Peter erledigte seine Aufgabe in einer unglaublichen Schnelligkeit, als ob er noch nie etwas anderes getan hatte.

Nach dem Laufwechsel ging meine fürchterliche Arbeit weiter. Wer schoss schneller, wer zielte genauer? Der Feind oder ich? Ununterbrochen jagte ich die Feuerstöße aus dem Lauf und traf meine Ziele. Wie viel Zeit war seit der ersten Feuereröffnung vergangen? Zwei Stunden, drei Stunden, vielleicht auch nur eine halbe Stunde? Ich hatte meine Zeiteinschätzung vollkommen verloren.

»Achtung! Panzer von links, kommen durch die Senke!«, brüllte Peter aufgebracht. Ich aber achtete nur bedingt auf diese Warnung, denn ich hatte schon genug damit zu tun, die Sturmtruppen der Sowjets niederzumähen. Für jede Reihe, die ich fällte, trat dahinter eine neue an. Ein endloser Strom sowjetischer Soldaten lief direkt in mein Feuer herein.

Erst als mehrere Einschläge der Panzerkanonen vor unserem MG-Nest die Erde aufwühlten, registrierte ich die Gefahr. Ich jagte den Inhalt des Gurts in eine größere Feindgruppe, die sich zu sehr zusammengerottet hatte und von einem Offizier gerade auseinandergetrieben wurde. Doch dieses Vorhaben sollte er nicht mehr beenden können, genauso wenig wie ein Kommissar, der sie immer weiter nach vorn treiben wollte. Wie mit einem gewaltigen Sensenhieb streckte ich den Großteil dieser Gruppe mit einem langen Feuerstoß nieder.

Ich befahl Peter in einer derartigen Lautstärke, dass er mich trotz des Gefechtslärms verstehen konnte: »Leg einen neuen Gurt ein! Danach schnappst du dir eine Panzerfaust und feuerst sie in Richtung der nächsten Feindgruppe ab, schnappst dir danach einen Muni-Kasten, die Ersatzläufe, ein paar geballte Ladungen und eine weitere Panzerfaust. Renn so schnell, wie du dann noch kannst, zur Ausweichstellung!« Der Einschlag einer Sprenggranate kurz vor unserer Stellung unterbrach für eine Sekunde meine in schneller Folge gesprochenen Befehle. Der

Boden blähte sich zu einem Ballon auf, der über unseren Köpfen zerplatzte und uns mit Grasnarben und Dreck überschüttete. Während dicke Klumpen auf uns niederprasselten und gegen meinen Stahlhelm trommelten, nahm ich meine Ansprache wieder auf: »Wenn du merken solltest, dass dir das Gepäck zu schwer wird, schmeiß das Zeug einfach ab! Mir ist es wichtiger, dass du heil ankommst! Benutze den Stichgraben, dann bist du zum größten Teil vor Einsicht und Beschuss sicher.«

Aus dem Augenwinkel sah ich besorgt, wie nah einige russische Trupps bereits herangekommen waren. Ich vernahm russische Laute zwischen den Abschüssen schwerer und leichter Waffen. Ohne Peters Antwort abzuwarten, stieß ich ihn kurz an als Zeichen, dass er sich losmachen sollte, und schrie dazu: »Los jetzt! Ab dafür! Ich versuche, die Aufmerksamkeit auf mich zu lenken. Wenn ich sehe, dass du angekommen bist, komme ich nach.«

Peter packte eine Panzerfaust, zielte kurz und schoss auf eine Gruppe Rotarmisten, die gerade zum nächsten Sprung ansetzen wollte und nun hinter der Sprengwolke verschwand, warf das nun nutzlos gewordene Rohr weg, packte die restlichen Sachen zusammen und wetzte mit einem langen Sprung davon. Ich eröffnete mit meinem MG das Feuer auf die Infanteriegruppe, die zwar vom Sprengkegel der Panzerfaust in Deckung gezwungen worden war, aber anscheinend nichts abbekommen hatte, und hielt jetzt auch mit kurzen Feuerstößen auf die in Reichweite liegenden und bereits auf unsere Linie feuernden Panzer. Natürlich wusste ich, dass dies den Stahlungeheuern nichts anhaben konnte, aber vielleicht erhöhte ich auf diese Weise wenigstens Peters Chancen, heil durchzukommen. Von den Kameraden von der Panzerwaffe wusste ich zumindest, dass MG-Feuer, dass gegen deren Kampfwagen klopfte, eine unerträgliche Kakofonie im Kampfraum auslöste und unerfahrene Besatzungen regelrecht verunsichern konnte.

Als es nun wieder einige Male bedrohlich nahe bei mir einschlug und mein Gurt fast durch war, wurde es mir zu ungemütlich. Ich klappte das Dreibein zusammen, hängte es mir um, steckte mir noch eine geballte Ladung in meinen linken Knobelbecher, schnappte mir eine Panzerfaust und schlich dann ebenfalls vorsichtig durch den Stichgraben in Richtung Ausweichstellung. Im Graben angekommen, sah ich im Glanz des Scheinwerferlichts dann leider, dass der noch immer wütende Abwehrkampf auch auf unserer Seite seinen Blutzoll einforderte. Im Graben lagen mehrere tote oder verwundete Männer. Einigen wurde bereits geholfen, so gut es ging, aber bei anderen erkannte ich gleich, dass jede Hilfe umsonst sein würde. Sie bluteten aus zu vielen Löchern, verloren zu viel des kostbaren Lebenssafts. Es war ein schrecklicher Anblick, auch Minderjährige waren unter den Sterbenden.

Doch waren sie beim Sterben wenigstens nicht allein; das war den meisten sehr wichtig, was ich aus eigener Erfahrung leider bestätigen konnte, denn ich war schon oft – ja zu oft – dabei gewesen und hatte einem guten Kameraden die Hand halten und ihm letztendlich die Augen zudrücken müssen. Wann würde es wohl jemand bei mir tun, oder würde ich bei diesem letzten Gang zum Allmächtigen tatsächlich allein sein? Diese Gedanken schossen mir in Sekundenschnelle durch den Kopf, als ich mich an einem fürchterlich wimmernden 16-Jährigen vorbeidrückte, aus dessen Mund hellroter Schaum hervorquoll. Sowjetische Kugeln flitzten über den Graben hinweg, dass ich den Luftzug hören konnte.

Ich kam an einer Biegung an und sah, dass der Graben an dieser Stelle vermutlich von einer Artilleriegranate eingeebnet worden war. Also raus aus dem Graben und ab durchs Gelände. So schnell ich es so schwer bepackt bewerkstelligen konnte, ließ ich mich in eine kleine Kuhle gleiten und konnte von dort aus kurz das Gefechtsfeld überblicken. Ich schickte einige Feuerstöße recht ungezielt ins Gelände, doch Ziele waren genug da, ich konnte gar nicht verfehlen. Ich sah mehrere qualmende und brennende Feindpanzer vom Typ T- 34, mit dem ich schon mehrmals unangenehme Bekanntschaft gemacht hatte, aber auch mindestens zwei größere Brocken, und dachte, dass dies diese neuen »Stalin-Panzer« der Iwans sein müssten, die ich bis dato glücklicherweise nur vom Hörensagen her kannte.

Als eine Kugel mit einem kurzen Pfiff an mir vorbeiflog, wurde ich aus meinen Gedanken gerissen. War ich entdeckt worden oder war es nur eine verirrte Kugel gewesen? Ich wollte es nicht unbedingt herausfinden, indem ich einfach abwartete. So kroch ich über morastig feuchte Erde, um danach wieder in den Graben zu gelangen, der wenigstens etwas Deckung bot.

Als ich heil in der neuen Stellung ankam, flaute das Gefecht bereits allmählich ab. Ruckzuck baute ich das MG auf, jagte einige Feuerstöße in Richtung des zurückgehenden Gegners, ehe ich mich des übrigen Gepäcks entledigte und alles griffbereit anordnete. Der erste Angriff war also abgeschlagen worden, was wahrscheinlich größtenteils damit zu tun hatte, dass unsere Linie vor dem Angriff zurückgenommen worden war und wir dadurch keine größeren Verluste durch das Ari-Feuer zu verzeichnen hatten. Die Russen hatten somit gegen eine völlig intakte Verteidigungsstellung anrennen müssen, worauf sie nicht vorbereitet gewesen waren. Auch hatte sich der Trick mit den Scheinwerferbatterien eher als Nachteil für sie erwiesen, denn als Vorteil. Sie dürften nahezu blind gegen uns vorgerückt sein.

Als das Gefecht dann endgültig beendet war, abgesehen von vereinzelten Schüssen, begaben wir uns in unsere Hauptstellung, um schnellstmöglich unsere restlichen Sachen zu holen, denn ich hatte vor, in unserer Ausweichstellung zu bleiben. Der Russe hatte unsere Hauptstellung im Gegensatz zu unsere Ausweichstellung nun ausgemacht und würde sicher versuchen, sie gezielt auszuschalten. Also schlichen wir zurück, stets geduckt und in möglichst guter Deckung bleibend, denn ich hatte den Verdacht, dass sich im Vorfeld Einzelschützen oder sogar Scharfschützen befanden. Wie recht ich mit dieser Vermutung hatte, sollte sich gleich zeigen.

Als wir kriechend das Geländestück passierten, welches um den eingesackten Graben herumführte – mit unseren Nasen schon so tief, dass wir beinahe eine Furche durch den Boden zogen – stand ein alter Volkssturmmann vor uns aufrecht, ohne jede Deckung und zu allem Überfluss auch noch ohne Stahlhelm. Er rief uns zu, was wir denn da für eine komische Vorstellung abgeben wollten. Dies war leider, viel zu vorhersehbar, sein letzter Satz. Ein einzelner trockener Knall war zu hören und der Volkssturmmann kippte nach hinten weg, rutschte in den Graben und blieb merkwürdig verkrümmt liegen. Ich ließ mich geistesgegenwärtig in den Graben gleiten, zog Peter an den Armen hinter mir her und beugte mich zu dem alten Mann hinunter. Ich sagte zu Peter, dem das Entsetzen ins kreidebleiche Gesicht eingemeißelt war, er solle sich schon mal auf den Weg machen, besondere Vorsicht walten lassen und jedem, den er auf dem Weg begegnen werde, auf die Gefahr hinweisen. Als ich mich vergewissert hatte, dass Peter außer Sicht war, drehte ich den Alten um und sah im selben Moment, dass ihm nicht mehr zu helfen war. An der Stelle, wo einmal sein Gesicht gewesen war, befand sich nur noch eine breiige Masse. Der Hinterkopf wies ein großes Loch auf, der Gegner hatte tatsächlich mit einem Explosivgeschoß gefeuert – eine äußerst schreckliche Munitionsart, denn es gab bei einem Treffer kaum eine Überlebenschance, und wenn doch, dann war man auf ewig grässlich entstellt.

Als ich in unserer alten Stellung ankam, suchte ich zusammen mit Peter die restlichen Ausrüstungsgegenstände zusammen. Ich schickte den Jungen schon einmal vor, belehrte ihn nochmals, immer in Deckung zu bleiben und in unserer neuen Stellung das

MG zu übernehmen, bis ich zurück sein werde. Ich wollte schnell zum Kompaniegefechtsstand, um Schütz auf die Gefahr der Scharfschützen im Vorfeld hinzuweisen, und wollte eigentlich nicht lange fortbleiben. Auf dem Weg dorthin bemerkte ich dann nochmals, dass das erste Gefecht doch einigen Schaden an unseren Stellungen hinterlassen hatte. Einige Männer waren verwundet worden. Wer trotz Verwundung noch eine Waffe halten konnte, blieb bei der Truppe, denn wir konnten es uns einfach nicht leisten, jene ins Lazarett zu entlassen. Unsere Grabenstärke war ja auch so schon zu gering. So bevölkerten bandagierte und gequält blickende Gestalten unseren Verfügungsraum. Die Schwerverwundeten wurden von gehfähigen Verwundeten nach hinten zu den Verbandsplätzen gebracht. Ich war überzeugt, dass viele Verwundungen auf mangelhafte Ausbildung zurückzuführen waren.

Ich erreichte den Gefechtsstand, der sich in einer durchlöcherten Scheune befand. In düsterer Atmosphäre stand der Kompaniestab um einen kleinen grob gezimmerten Tisch und betrachtete auf einer Karte die Lage. Ich meldete mich beim Adjutanten des Leutnants und beschrieb kurz mein Anliegen. Er wiederum trat an den Offizier heran und besprach sich mit ihm. Nach kurzer Zeit kam Leutnant Schütz auf mich zu und sagte: »Feldwebel, wo genau haben Sie diesen Vorfall beobachtet?«

»Es war am eingestürzten Stichgraben ungefähr 50 Meter von meiner Ausweich-MG-Stellung entfernt, zwischen MG-Stellung und Gefechtsstand. Der Graben muss wohl einen Artillerietreffer abbekommen haben.«

»Hm, als erstes müssen wir den Graben wieder freibekommen, sodass die Männer dort vernünftig Deckung bekommen.« An den Kompanietruppführer gewandt, sagte er: »Oberfeldwebel Geiger, bestimmen Sie vier Mann. Diese sollen den Graben wieder flottmachen, aber zackig! Und legen sie endlich wieder ihre Rangabzeichen an! Wir sind hier doch keine Kasperbude!«

»Jawoll, Herr Leutnant, vier Mann zum Instandsetzen des Grabens, aber zackig!« Geiger ignorierte gekonnt den zweiten Teil des Befehls und entfernte sich. Einen Melder herbeirufend, meinte er zu diesem: »Sie machen sich sofort auf den Weg und holen die Zugführer herbei, der neue Tagesbefehl des Führers persönlich ist eingetroffen. Er muss so schnell wie möglich den Einheitsführern übergeben werden. Wann er dann der Truppe bekanntzugeben ist, wird noch gemeldet, und außerdem möchte ich jeden der Herren auf die Gefahr durch diese verdammten Scharfschützen hinweisen. Sie sollen ihren Männern einbläuen, vorsichtiger zu sein!« Mit einem Mal fasste Geiger mich ins Auge, ein angedeutetes Lächeln umspielte seine Lippen. »Sie, Feldwebel, bekommen natürlich ein eigenes Schriftstück mit dem Tagesbefehl des Führers, um ihn Ihrem Schützling mitzuteilen; und damit ich Sie nicht länger als nötig aufhalte. Sie werden schon den richtigen Zeitpunkt zur Bekanntgabe finden.«

Wie beiläufig übergab er mir ein Blatt Papier, was dann für mich auch das Zeichen zum Aufbruch war. Ich faltete das Blatt, ohne auf besondere Sorgfalt zu achten, sodass ich es in die Uniformbluse stecken konnte, und begab mich dann zurück zu meiner Stellung.

Auf dem Weg vernahm ich auf einmal ein erst leises und dann immer lauter werdendes Brummen. Und dann sah ich sie auch schon: russische Schlachtflieger vom Typ Il-2 Sturmovik, von uns auch »Schlächter« genannt, und schon tausendfach mit allen möglichen Flüchen belegt. Sie wurden begleitet von einigen kleinen wendigen Jägern, welche auch heute wohl nicht viel zu tun bekommen würden, denn von der Deutschen Luftwaffe hatte ich schon lange nichts mehr gesehen. Mit einem Mal bevölkerte eine zweistellige Zahl an russischen Flugzeugen den wolkenbehangenen Himmel, und sie hielten direkt auf unseren Frontabschnitt zu. In unseren Stellungen wurde es hektisch, als die ersten »Fliegeralarm« brüllten. Ich presste mich so nah an die

Grabenwand, wie es ging, und hoffte inständig, dass mich hier kein Volltreffer erwischen würde.

In unserem Abwehrstreifen hatten wir wie auch sonst entlang der gesamten Ostfront einen beklagenswerten Mangel an Artilleriegeschützen, aber durch die Nähe zu Berlin wurde dieser Mangel ein wenig abgeschwächt. Die Reichshauptstadt verfügte über ein enormes Arsenal an Flakbatterien aller Art, von denen einige zu uns an die Front geschafft worden waren. Unsere Flugabwehrkanonen des Kalibers 8,8 cm, 10,5 cm oder auch 12,8 cm konnten sowohl als Artillerie, als auch als Panzerbekämpfungsmittel wirken. Diese Verstärkung machte sich jetzt bemerkbar, den die sowjetischen Flieger gerieten in einen wahren Feuerorkan, und mehrere Flugzeuge wurden abgeschossen. Doch viele kamen auch durch, denn wie bei allen Waffengattungen der Wehrmacht litt auch die Flak unter permanenten Munitionsmangel und die Flakbedienungen konnten mal wieder nicht so schießen, wie sie es gerne gewollt hätten. Auch wurden viele Flugabwehrkanonen von Hitlerjungen oder RAD-Mitgliedern bedient. Es waren meist nur die Geschütz- oder sogar nur die Batterieführer reguläre Soldaten.

Die Pulverwölkchen zwischen den russischen Fliegern wurden sodann immer weniger, und der Gegner begann damit, sich auf uns herabzustürzen und seine Bomben zu schmeißen. Auch wummerten seine Maschinenkanonen im schrecklichen Stakkato. Es wurden viele ausgemachte Stellungen und Bunker angegriffen und so mancher Landser kam in einem für sicher befundenen Unterstand ums Leben. Die sowjetischen Flieger kümmerten sich um eine Flakstellung, um ein MG-Nest und um einen Bunker nach dem anderen, und auch in der Nähe meiner alten MG-Stellung kamen einige Bomben herunter. Ob es direkte Treffer gab, konnte ich nicht genau beobachten, da ich meinen

Schädel nicht zu weit aus dem Graben heben wollte. Mir stieg unweigerlich der Geruch von Feuer in die Nase.

Plötzlich sah ich eine Gruppe Soldaten aus dem Graben springen und nach hinten laufen. Wahrscheinlich hatten sie die Nerven verloren und suchten ihr Heil in der Flucht. Sofort drehten drei Schlächter ein und jagten die kleine Gruppe. Sie trieben die Männer mit Mk-Feuer auseinander und nahmen sich dann einen nach dem andern vor. Sie verhielten sich wie auf einem Übungsflug, und die bedauernswerten Landser waren die Zielscheiben. Keiner der Unglücklichen vermochte es zu entkommen.

Nach circa einer halben Stunde war der Spuk vorbei, die Russen drehten ab. Unsere Flak schwieg längst. Munition sparen war angesagt, um auch für den nächsten Angriff noch einige Schuss in petto zu haben. Ich beeilte mich, in mein Mg-Nest zu kommen. Hoffentlich war dort alles gut gegangen, und hoffentlich hatte Peter die Nerven behalten. Ich überwand flugs das eingestürzte Grabenstück und erreichte mein Ziel. Peter hockte verängstigt in dem Loch im Boden. Die viel zu jungen Augen wanderten schreckhaft hin und her.

Unterwegs hatte ich übrigens gesehen, dass unsere alte Stellung einen oder sogar mehrere Volltreffer abbekommen hatte und dort nichts mehr zu holen war.

»Wären wir dortgeblieben, hätten sie uns von der Verpflegungsliste streichen können«, sagte ich zu Peter und klopfte ihm auf den Rücken. Der Junge bibberte am ganzen Leib.

»Nun ja, Glück muss man haben, aber mit Verpflegung ist eh erst mal aus! Vorhin meinte einer vom Volkssturm, dass sie die Feldküche erwischt hätten«, presste er aus sich heraus.

»Na toll, das kann ja was werden. Hoffentlich organisieren die Herren schnell was neues, denn wo kein Mampf, da kein Kampf, alte Landserweisheit!« Ich versuchte mich an einem Grinsen. »Und ich habe den neuen Tagesbefehl mitgebracht.«

Ich zog das Papier aus der Tasche meiner Uniformbluse und überflog es zunächst einmal selbst: »Zum letzten Mal ist der jüdisch-bolschewistische Todfeind mit seinen Massen zum Angriff angetreten. Er versucht, Deutschland zu zertrümmern und unser Volk auszurotten. Ihr Soldaten aus dem Osten wisst, welches Schicksal vor allem den deutschen Frauen, Mädchen und Kindern droht! Während die alten Männer und Kinder ermordet werden, werden Frauen und Mädchen zu Kasernenhuren erniedrigt. Der Rest marschiert nach Sibirien. Wir haben diesen Stoß vorausgesehen, und es ist seit dem Januar alles geschehen, um eine starke Front aufzubauen.

Eine gewaltige Artillerie empfängt den Feind. Die Ausfälle unserer Infanterie sind durch zahllose neue Einheiten ergänzt. Alarmeinheiten, Neuaufstellungen und Volkssturm verstärken unsere Front. Der Bolschewist wird dieses Mal das alte Schicksal Asiens erleiden, das heißt, er muss und wird vor der Hauptstadt des Deutschen Reiches verbluten.

Wer in diesem Augenblick seine Pflicht nicht erfüllt, handelt als Verräter an unserem Volk. Das Regiment oder die Division, die ihre Stellung verlässt, benimmt sich so schimpflich, dass sie sich vor Frauen und Kindern, die in unseren Städten dem Bombenterror standhalten, wird schämen müssen.

Achtet vor allem auf die verräterischen wenigen Offiziere und Soldaten, die, um ihr erbärmliches Leben zu sichern, im russischen Solde, vielleicht sogar in deutscher Uniform, gegen uns kämpfen werden. Wer euch Befehl zum Rückzug gibt, ohne dass ihr ihn genau kennt, ist sofort festzusetzen und nötigenfalls augenblicklich umzulegen, ganz gleich, welchen Rang er besitzt. Wenn in diesen kommenden Tagen und Wochen jeder Soldat an der Ostfront seine Pflicht erfüllt, wird der letzte Ansturm Asiens zerbrechen, genauso, wie am Ende auch der Einbruch unserer Gegner im Westen trotz allem scheitern wird. Berlin bleibt deutsch, Wien wird wieder deutsch und Europa wird niemals russisch. Bildet eine verschworene Gemeinschaft zur Verteidigung nicht des leeren Begriffes eines Vaterlandes, sondern zur Verteidigung eurer Heimat, eurer Frauen, eurer Kinder und damit unserer Zukunft.

In dieser Stunde blickt das ganze deutsche Volk auf euch, meine Ostkämpfer, und hofft nur darauf, dass durch eure Standhaftigkeit, euren Fanatismus, durch eure Waffen und unter eurer Führung der bolschewistische Ansturm in einem Blutbad erstickt. Im Augenblick, in dem das Schicksal den größten Kriegsverbrecher aller Zeiten von dieser Erde genommen hat, wird sich die Wende dieses Krieges entscheiden.» Ich knüllte das Papier zusammen und warf es achtlos weg. Den fragenden Blick von Peter ignorierte ich und begab mich hinter das MG.

*

Mit elementarer Gewalt ging es wieder los; der Horizont im Osten schien erneut zu explodieren und die Pforten der Hölle taten sich abermals auf. Ich schrie zu Peter, er solle in Deckung gehen, sich so klein wie möglich machen und den Kopf ja nicht nach oben strecken. Diesmal bekamen wir den Segen aber ab, denn nun wusste der Iwan, wo sich unsere Stellungen befanden.

Es war ein Trommelfeuer, wie ich es nur selten so intensiv erlebt hatte. Auf jeder Granate schien ein Name zu stehen, an den sie adressiert war, und die Granaten schienen ihre Adressaten förmlich zu suchen. Aus dem Augenwinkel sah ich, wie ein alter Volkssturmmann über den Grabenrand blickte. In diesem Moment schlug eine Granate kurz vor ihm ein und ein riesiger Granatsplitter rasierte ihm den Kopf ab. Kurz daneben verlor einer der Hitlerjungen durch diesen Anblick die Nerven, sprang aus dem Graben und lief zurück, quer durch das Artilleriefeuer. Plötzlich ein Einschlag, und von dem armen

Jungen konnte man nichts mehr finden, außer vielleicht ein paar Fleischfetzen und Kleidungsfragmente.

Da haben also zwei Granaten ihren Adressaten gefunden, überkam mich der Galgenhumor, während es in meinem Magen rumorte. Dicht vor mir schlug eine Granate ein, Staub und Dreckbrocken rieselten auf mich herab und ich duckte mich noch etwas tiefer in die Stellung. In diesem Moment wünschte ich mir wieder einmal, eine Maus zu sein und mich irgendwo in ein tiefes Loch verkriechen zu können. Aber dieser Wunsch blieb eine Illusion. Mit unverminderter Stärke trommelten die russischen Geschütze auf unsere Stellungen, während die deutschen Kanonen aus Munitionsmangel zum Schweigen verurteilt waren und das Artillerieduell nicht annehmen konnten. Sie sollten erst dann ein Sperrfeuer schießen, wenn die sowjetischen Sturmtruppen zum Angriff antraten. Was diese ohne jeden Zweifel früher oder später tun würden, denn der Iwan musste ja durch diese letzte Riegelstellung brechen. Schließlich wollte er nach Berlin durchbrechen und den Führer persönlich in seinem Bunker besuchen.

Es war ein unbeschreibliches Stahlgewitter. Wer nicht dabei war, vermag sich dieses Inferno nicht vorzustellen. Wenn ich in den Phasen des kurz nachlassenden Feuers einmal den Kopf hob, dann bot sich mir ein Anblick, der so intensiv auf mich wirkte, dass ich ihn wohl nie wieder vergessen werde. Überall, wo ich hinsah, Granattrichter, Explosionswolken und Vernichtung. In unserer MG-Stellung lag neben mir zusammengekrümmt wie ein Säugling und wimmernd Peter.

Gewiss, er hatte schon so manchen Bombenangriff miterlebt, aber zu seinem Glück immer in relativ sicheren, weil außerhalb der Großstädte liegenden Flakständen. Doch die Erkenntnis der wahrhaftigen und unmittelbaren Todesgefahr war doch etwas zu viel für ihn, und ich hatte in den letzten Jahren schon gestandene Frontsoldaten gesehen, denen es im russischen Trommelfeuer nicht anders ergangen war, bei denen die Nerven auch auf einmal über das erträgliche Maß beansprucht worden waren und sie es einfach nicht mehr ausgehalten hatten.

Als das Feuer nochmals verstärkt wurde und im Hämmern der Granaten das nervenraubende Fauchen der von uns so gefürchteten Stalinorgeln zu hören war, ging ich dann auch lieber wieder in volle Deckung und schaute dabei immer mit einem Auge auf Peter. Ich hoffte inständig, dass er nicht auch plötzlich durchdrehen, unvermittelt aufspringen und versuchen würde, nach hinten in die vermeintliche Sicherheit zu gelangen. Denn das würde auch für ihn der sichere Tod sein, genauso wie für den armen Hitlerjungen vorhin.

Plötzlich und schlagartig hörte das Artilleriefeuer auf. Die jetzt herrschende, fast schon bedrückende Grabesstille erschien mir unwirklich. Nur allmählich drangen die Rufe und Schmerzensschreie der Verwundeten in mein Bewusstsein. Doch da war noch ein anderes Geräusch zu hören, erst leise, dann immer lauter werdend. Es war ein tiefes, monotones Brummen, und dann sah ich sie auch schon …

»Diesmal schickt uns der Iwan zur Abwechslung Horizontalbomber!«, grummelte ich und beobachtete die wie gigantische Hummeln herannahenden Bomber, die sich in vier Gruppen aufteilten. Dann setzte das Abwehrfeuer unserer Flak ein. Vier oder fünf Bomber wurden getroffen und stürzten ab, eine lange Rauchfahne hinter sich herziehend. Vier oder Fünf, was war das denn schon für den Iwan? Er würde diese Verluste sicher mit Leichtigkeit ersetzen können. Aus zweien konnte die Besatzung rechtzeitig abspringen, jedoch fing der Fallschirm von einem Besatzungsmitglied Feuer. Der Fallschirm konnte sich nicht einmal vollständig öffnen, in Sekundenschnelle war er verbrannt, und der arme Teufel stürzte ungebremst in Richtung Boden und schlug auf. Ich starrte wie gebannt auf dieses schreckliche Schauspiel, bei dem ein grausamer Tod die Regie führte.

Die erste der vier Gruppen lud ihre Last über unseren Stellungen ab, jedoch durch das gut gezielte Flakfeuer recht ungenau, und richtete dadurch glücklicherweise nur wenig Schaden an. Die restlichen Gruppen schienen jedoch Ziele im Hinterland zu haben. Wahrscheinlich unsere Artillerie- und Flakstellungen oder aber eventuell ausgemachte oder durch Spione oder Verräter und Überläufer in Erfahrung gebrachte Munitionsdepots. Eine Gruppe flog stur geradeaus weiter, wobei sich die zweite und dritte Gruppe nach links beziehungsweise rechts absetzte, stets begleitet durch das wütende Feuer der Flak. Die Gruppe, die sich als erstes ihrer todbringenden Last entledigt hatte, konnte jedoch unbehelligt vom Flakfeuer oder gar eigenen Jägern ihren Weg in Richtung Heimathorst antreten.

Nachdem die Bomber über unsere Frontlinie hinweggeflogen waren und es als sicher galt, dass sie ihre Bomben weiter hinten abladen würden, traute ich mich wieder etwas aus der Deckung.

Peter und ich schauten vorsichtig über den Grabenrand und sahen, dass sich das Vorfeld vollkommen verändert hatte. Wo vor kurzen noch Wiesen gewachsen waren, bestand nun eine öde Kraterlandschaft. Ein Melder sprang unvermittelt in unsere Stellung und übermittelte uns den Befehl für einen zusammengefassten Feuerüberfall für den mit Sicherheit bald erfolgenden sowjetischen Sturmangriff. Dann war er auch schon wieder weg, sprang zur nächsten Stellung. Ich verspürte einen Heidenrespekt vor diesen Männern, denn sie kämpften sich voller Todesverachtung durch das dichteste Feuer, um ihre Meldungen durchzubringen. So mancher von ihnen wurde bei der Erfüllung der auferlegten Pflicht durch Artilleriefeuer, Heckenschützen oder Banden niedergestreckt.

Als wir das Vorfeld vorsichtig betrachteten und soeben unsere kalte Verpflegung herausholen wollten, hörten wir von irgendwoher einen Warnruf, der uns in derselben Sekunde zusammenzucken ließ: »Achtung! Tiefflieger von hinten!«

Die sowjetischen Maschinen mussten irgendwo die Front überflogen haben und wollten uns jetzt von hinten beharken. Glücklicherweise flogen sie wieder nicht längs zur Stellung, sondern kamen in etwa im rechten Winkel angeflogen und konnten uns so nicht lange beschießen. Pulverwölkchen begleiteten sie. Anscheinend hatte der Führer der Flak die restliche Munition freigegeben. Zur gleichen Zeit hörten wir ein sonderbares Grummeln, gefolgt von mehreren dumpfen Explosionen. Anscheinend hatten die Bomber ihre Ziele erreicht; und dass sie auch erfolgreich waren, zeigte das sofortige Nachlassen des Flakfeuers gegen die Tiefflieger. Die nun ungehindert angreifenden Schlächter und die sie begleitenden Jäger umschwirrten unsere Stellungen und schossen aus allen Knopflöchern, wie man so schön sagt. Wehe dem, der sich durch eine unvorsichtige Handlung bemerkbar machte. Mit Maschinengewehren, Maschinenpistolen oder Karabinern gegen die Sturmoviks vorgehen zu wollen, war von vornherein sinnlos und Selbstmord. Denn die Kugeln währen einfach von der starken Panzerung abgeprallt und man machte dadurch nur auf sich aufmerksam. Um einen Erfolg mit Handfeuerwaffen zu erzielen, brauchte man schon eine gehörige Portion Glück.

Die wenigen leichten Flugabwehrgeschütze vom Kaliber 2- oder 3,7 cm, die das ungleiche Duell trotzdem tapfer aufnahmen, waren schon nach kürzester Zeit niedergekämpft. Was bedeutete da schon der Abschuss einer Maschine, die darüber hinaus auch noch auf einen Unterstand stürzte und acht Männern das Leben kostete?

Doch ohne Vorwarnung stürzten sich zwei deutsche Jäger auf die völlig überraschten feindlichen Maschinen und holten in wenigen Minuten vier der gehassten Schlachtflugzeuge vom Himmel. Ein unbeschreiblicher Jubel brach unter uns aus, denn die Anspannung des nichts-tun-könnens und ertragen-müssens gegen diese feindlichen Luftangriffe löste sich in diesem Moment. Die restlichen Il-2 suchten ihr Heil in der Flucht.

Was doch ein paar deutsche Jäger auch jetzt noch anrichten können, freute ich mich innerlich. Doch dann waren die russischen Begleitjäger heran und verwickelten die zwei einsamen Me 109 in einen Luftkampf, den sie wahrscheinlich durch die erdrückende feindliche Übermacht nur verlieren konnten. Doch dies konnte ich nun nicht mehr beobachten, da das typische Rumoren schwerer Dieselmotoren einen neuerlichen sowjetischen Angriff ankündigte. Ich seufzte. Es wollte einfach kein Ende nehmen, dabei taten mir alle Knochen weh, ich war müde, hungrig und fühlte mich kränklich.

Und da sahen wir sie auch schon: mittlere Panzer vom Typ T-34, aber auch einige schwere Brocken JS-2 und einige von den Westalliierten gelieferte Panzer vom Typ Sherman. Es zeigte sich mal wieder, dass sich diese Lieferungen sehr beträchtlich auswirkten. Diese Tanks konnten es vielleicht nicht mit den russischen Panzern aufnehmen in Bezug auf Panzerung, Feuerkraft und Geschwindigkeit, doch für uns, die wir hier im Graben kauerten, waren sie doch eine große Gefahr, denn mit eigenen Panzern als Verstärkung konnten wir nicht rechnen. Langsam und bedrohlich kamen sie näher. Dann erkannte ich auch die aufgesessene Infanterie. Also mussten wir uns im Nahkampf nicht nur mit den Panzern auseinandersetzen, sondern dabei auch auf deren Begleitinfanterie Acht geben. Ich seufzte erneut. Und musste den tiefen Wunsch in mir niederkämpfen, einfach aufzustehen und nach Hause zu gehen.

Unsere Artillerie legte wieder ein Sperrfeuer vor und in die Reihen der Angreifer, und die Flak und Pak stieg in den Reigen mit ein, doch war zu merken, dass es bei den vorherigen Angriffen wohl doch zu starken Ausfällen gekommen war, denn das Abwehrfeuer war beträchtlich schwächer als beim letzten

Angriff. Die Panzer erhöhten jetzt ihre Geschwindigkeit, um die Wand aus glühendem Stahl und Feuer so schnell wie möglich zu durchdringen. Die Infanterie auf den Panzern hatte ganz sicher alle Mühe, nicht von der Wanne zu rutschen.

Unsere Panzerabwehr erzielte trotz der schnellen Ausweichbewegungen viele Treffer, denn es gab ja zahlreiche Ziele. Diese Treffer hatten dann wieder schaurige Bilder zur Folge. Wenn einer der Panzer getroffen wurde, zerriss es dann nicht nur diesen und seine Besatzung, sondern auch die auf ihm kauernden und sich festkrallenden Sturmtruppen. Oder sie wurden heruntergeschleudert und von herumfliegenden Stahlteilen getroffen. Wenn sie das Glück hatten, das der Panzer nicht gleich explodierte, wurde so mancher von ihnen von den mahlenden Ketten des ausrollenden Tanks erfasst und ganz oder nur teilweise zerquetscht.

Hier führte der Tod eines seiner grausigsten Stücke auf.

All diese Bilder nahm ich in mir auf, als ich wie schon Hunderte mal zuvor das MG überprüfte, einen neuen Gurt einlegte, durchlud, eine Panzerfaust bereitlegte, mir Handgranaten und geballte Ladungen zurechtlegte und die Deckel an den Stielen abschraubte, sodass das Band mit der kleinen Kugel daran herunterhing. So musste ich im Ernstfall nur noch daran ziehen und dann werfen. Ich wartete auf das vereinbarte Signal zur Feuereröffnung, sodass dem angreifenden Feind auf einem Schlag eine geballte Feuerfront entgegenschlug. Mit einem Blick nach rechts sah ich Peter, wie er nervös neben dem Maschinengewehr hockte und den Gurt so hielt, dass er nicht im Dreck hing, denn das letzte, was wir bei solch einem massiven Ansturm brauchten, war eine Ladehemmung. Auch er hatte sich schon seine Nahkampfmittel griffbereit zurechtgelegt. In den wenigen Tagen, seit er jetzt direkt an der Front war, hatte er allem Anschein nach bereits eine Menge gelernt. In normalen Zeiten wäre er bestimmt ein guter Soldat geworden.

Und dann war es wieder einmal so weit. Ich hatte in meinem Schussfeld ein für mich günstiges Ziel aufgefasst, bei dem ich die Infanterie schräg von der Seite erfassen konnte und sie so nicht voll vom Panzerturm geschützt wurde. Außerdem befand sich kurz dahinter ein zweiter Panzer, sodass ich gleich auf ein neues Ziel einschwenken könnte. Aus dem linken Augenwinkel sah ich das Leuchtzeichen in den Himmel steigen. Noch einmal das Ziel genau aufgefasst und schon zog ich den Abzug durch. Die Wirkung des zusammengefassten, flankierten Feuers aus mehreren MG war erschreckend. Soldaten, die nicht direkt getroffen wurden, wurden mit Querschlägern überzogen, die vom Panzerstahl abprallten. Sie alle fielen wie vom Blitz getroffen herunter, gleichzeitig schwenkte ich auf mein zweites Ziel ein. Noch bevor die dort auf dem Tank hockenden Rotarmisten reagierten und absprangen, wiederholte sich das grausige Schauspiel.

Als ich auf den ersten Panzer zurückschwenkte, sah ich, dass der gerade beschossene Kampfwagen einfach über die Begleitinfanterie des ersten Tanks hinwegrollte, ganz gleich, ob sie noch lebten oder nicht! Doch um diese Ungeheuerlichkeit richtig erfassen zu können, blieb mir keine Zeit. Vielleicht hatte der Fahrer im Chaos des Kampfes auch einfach selbst nicht realisiert, was er anrichtete.

Plötzlich hörte ich Peter schreien: »Dort kommt noch mehr Infanterie hinter den Panzern, und dass in solchen Massen! Mein Gott, die werden uns einfach überrennen! So viel Munition, wie wir da brauchen, gibt's im ganzen Reich nicht!«

Ich hatte sie auch bereits entdeckt. Mein Kragen wurde mir bei diesem Anblick auf einmal zu eng und es schien mir, als ob ich keine Luft mehr bekam. Ich hatte es schon oft erlebt, dass wir eine Stellung aufgeben mussten, weil uns die Munition ausgegangen war und wir einfach nichts mehr gegen diese

Massen zum Einsatz bringen konnten. Ich hustete, würgte. Dann fing ich mich wieder.

Um gezielt auf sie schießen zu können, waren sie noch zu weit entfernt, und Ziele in der Nähe gab es ja schließlich auch genug. Wenn der Iwan etwas in Hülle und Fülle hatte, dann waren es anscheinend Soldaten. Denn hier rannten ganze Regimenter und Divisionen gegen uns an. Wenn eine Angriffswelle liegenblieb, dann kamen dahinter schon zwei neue und diese nahmen ihre vor Kurzem gefallenen Kameraden als Deckung, um sich so immer näher an unsere Gräben heranarbeiten zu können.

Neue Ziele suchen, abdrücken und dazwischen neue Gurte einlegen und glühende Rohre wechseln, wurde bald eins für uns. Dann meinte Peter auf einmal: »Nur noch zwei Muni-Kästen! Wenn die Iwans nicht langsam weniger werden, wird das knapp!« Sollte auch diesmal eine Stellung wegen Munitionsmangel aufgegeben werden müssen und nicht, weil der Iwan taktisch überlegen war? Ich achtete nicht sonderlich darauf.

Viel mehr Sorgen bereitete es mir, dass die Panzer immer näherkamen und unsere Gräben und Stellungen zusammenschossen. Es wunderte mich wirklich, dass sie anscheinend unsere Position noch nicht ausgemacht hatten. Wir bekamen nur ab und zu ein paar Nahtreffer um die Ohren, die allerdings ungenau lagen und uns nur mit Erdklumpen überschütteten. Als ich drauf und dran war, war eine Gruppe Soldaten zu beschießen, die ein Maxim-MG in Stellung bringen wollten, geschah es.

»Verdammt, der dreht auf uns ein! Der meint diesmal aber genau uns!«, krächzte Peter und stieß mich so heftig um, dass ich das MG mitriss und vom Dreibein holte. Nur Sekunden später folgte ein Einschlag ganz in unserer Nähe, gefolgt von tackerndem MG-Feuer. Die Vermutung lag dadurch zum Greifen nahe, dass wir nun tatsächlich von einem Panzer ausgemacht worden waren, also was tun?

Ich rollte mich zur Seite und blickte über den Stellungsrand. Was ich dort sah, ließ mir das Blut in den Adern gefrieren. Der Russenpanzer kam direkt auf uns zugerollt! Mir war gleich klar, was er vorhatte. Er wollte uns in unserer Stellung zerquetschen, indem er auf unserem Loch parkte und sich dann auf der Stelle hin und her zu drehen begann. Er war vielleicht noch 50 Meter entfernt, vielleicht etwas weniger. Wir schwebten in höchster Gefahr und mussten uns sputen.

Ich schnappte mir eine Panzerfaust, sagte Peter, er solle sich auch eine nehmen, und versuchte unentdeckt in den Stichgraben zu gelangen. Ich wollte versuchen, von der Seite an den Panzer heranzukommen. Also nach rechts raus aus dem Graben. Dort schien mir die Chance zum unerkannten Vorankommen am ehesten gegeben. Deckung gab es ja mittlerweile zur Genüge. So schnell, wie ich es in dieser sehr kritischen Situation riskieren konnte, glitt ich in Richtung des nächsten, günstig gelegenen Granattrichters, immer mit der Angst im Nacken, der Panzerfahrer würde mich vorher entdecken, beschleunigen und mich wie einen Hasen jagen. Die infernalischen Geräusche des Russentanks hallten in meinem Kopf wider. Schon fast im Trichter angekommen, bemerkte ich zu meinem Entsetzen, wie in meiner unmittelbaren Nähe eine MG-Garbe einschlug. Mit einem beherzten Hechtsprung schaffte ich es in den Trichter hinein. Waren die Schüsse zufällig in meiner Nähe eingeschlagen oder hatte der Beschuss tatsächlich mir gegolten? Ich musste einfach einen Blick riskieren.

Entsetzt sah ich den Panzer wiederum genau auf mich zusteuern. Ich ließ mich resigniert zu Boden des Granattrichters sinken. Die Gedanken rasten in meinem Schädel.

Aus! Aber egal was passiert, hoffentlich geht es schnell, aber hier in diesem elenden Loch zermalmt werden, lasse ich mich noch lange nicht!

Gerade, als ich mich hinstellen und die Panzerfaust in Anschlag bringen wollte, hörte ich ein lautes Zischen, gefolgt von einem mörderischen Knall.

Das Brüllen des schweren Dieselmotors erstarb schlagartig, genauso wie das nervenzerrende Quietschen der Panzerketten. Ich schaute vorsichtig zum Panzer und sah dessen Rumpf und daneben, schräg angelehnt, den schweren Turm. Aus dem Rumpf stieg schwarzer öliger Rauch auf. In unserer Stellung sah ich kurz Peter auftauchen.

Er strahlte über das ganze Gesicht, jedenfalls schien es mir so, winkte zu mir herüber, deutete nach rechts und verschwand schnell wieder.

Ich blickte in die angegebene Richtung und sah einen weiteren sowjetischen Panzer kurz vor dem Graben, sowie einige vor ihm flüchtende Kameraden.

»Das ist aber meiner!«, dachte ich mir, oder sagte ich es laut?

Ich hastete, ohne besonders auf Deckung zu achten, die Panzerfaust fest in beiden Händen haltend, in Richtung Russentank, denn ich sah, dass dieser den Kameraden das eben noch mir zugedachte Schicksal zuteilwerden lassen wollte. Er rollte ihnen hinterher, um sie unter seinen schweren Eisenketten zu zerquetschen.

Ich kam bis auf ungefähr 50 Meter an den Panzer heran, ohne von der Infanterie oder einem anderen Panzer gesehen zu werden, kniete mich hin, legte die Panzerfaust auf die Schulter, klappte das Visier hoch, zielte kurz und schoss. Ich sah den Sprengtopf förmlich auf den Panzer zufliegen, sah den Aufprall und registrierte sogleich, dass es keine Detonation gab. Der Sprengtopf glitt, ohne zu explodieren, vom Turm ab und fiel wirkungslos zu Boden.

»Blindgänger, verdammt! Ausgerechnet jetzt!«

Das Realisieren der Situation und meine Reaktion darauf waren fast eins. Hier konnte ich nicht liegenbleiben, denn früher oder später würde der Feind mich doch entdecken und wie einen räudigen Hund abschießen. Die Kameraden schwebten noch immer in Lebensgefahr, glücklicherweise setzte der Panzer sein MG nicht ein, er wollte tatsächlich eine Hetzjagd veranstalten.

Da besann ich mich darauf, dass ich noch eine geballte Ladung im Koppel hatte, schaute mich kurz um, erkannte, dass mir keine unmittelbare Gefahr drohte, und rannte so schnell ich konnte auf den Panzer zu. Mit pfeifender Lunge erreichte ich mein Ziel. Meine Beine wollten mir den Dienst verweigern und meine Uniform klebte mir trotz der herrschenden Kälte am Körper.

Ich sah an dem T-34 hoch, dessen quietschende Mechanik in als das todbringende Monster erscheinen ließ, das er war. Ich bekam ein Stahlseil zu fassen und konnte mich daran hochziehen. Nun kniete ich auf dem Heck des russischen Tanks, stand vorsichtig auf, zog die geballte Ladung aus dem Koppel, schraubte den Verschluss auf und legte sie auf die Heckabdeckung des Panzers, sodass ich sie mit meinen Füssen festhalten konnte. Ich zückte meine 08 und hämmerte mit dem Griffstück auf den Turmdeckel. Der Panzer hielt tatsächlich an. Der Deckel öffnete sich und das Gesicht des Kommandanten erschien. Mit der linken Hand riss ich das Luk weiter auf, mit der rechten, in der ich die 08 hielt, streckte ich den Kommandanten mit einem Kopfschuss nieder und schoss die restlichen Schüsse blind ins Innere des Tanks. Ich hob die geballte Ladung auf, zog mit den Zähnen an der Zündschnur und schleuderte sie in den Kampfraum. Danach knallte ich schnell das Turmluk zu, hechtete vom Panzer und schlug hart im Dreck auf.

Ich robbte hinter die nächstbeste Deckung und wartete auf die Detonation. Diese ließ auch nicht lange auf sich warten. Ein fürchterlicher Knall kündete vom Ende dieses Panzers. Ich stand auf und lief mit wackligen Beinen zum Graben zurück, in den ich schnell hineinrutschte. Kaum angekommen, gab es eine weitere Explosion, und ich sah, dass der Russenpanzer förmlich auseinandergerissen wurde. Wahrscheinlich ging die Munition im Inneren hoch. Ich ließ mich auf den Grabenboden fallen, um nicht von umherfliegenden Stahlteilen erwischt zu werden.

Als ich wieder einigermaßen klar war, blickte ich in eine Menge strahlender Gesichter. Sie alle waren froh, dem schrecklichen Tod durch den Sowjetpanzer noch einmal entronnen zu sein.

Ein schon etwas älterer Oberschnapser sagte zu mir, während er mir aufhalf: »Mensch, Herr Feldwebel, das war ja ein Ding von Ihnen. Ich hatte schon gedacht, wir hätten unsere letzte Messe gesungen. Ich hatte echt Mühe, wenigstens ein paar dieser alten Krieger vom Volkssturm einigermaßen im Graben zu halten und sie dazu zu bringen, nach beiden Seiten auszuweichen.«

»Ja, schon gut, aber jetzt wieder in Stellung und dem Iwan Zunder geben und aufgepasst!« Mit diesen Worten hatte ich mich dann auch wieder losgemacht.

In meiner Stellung angekommen, wurde mir gewahr, dass Peter bereits hinter dem MG klemmte und auf den Gegner feuerte. Ohne ein Wort zu wechseln, hockte ich mich neben das Maschinengewehr und achtete auf die Gurtzufuhr. Um am MG zu wechseln, war keine Zeit, denn es brandete schon wieder eine neue Sturmflut aus Sowjetsoldaten gegen uns. Diesmal musste ich Gurte neu einlegen und heißgeschossene Läufe wechseln, dazu gab ich Peter einige Zielanweisungen und Befehle für kurze oder lange Feuerstöße.

Vor unserem Feuerbereich schien der Angriff nach einer Weile merklich schwächer zu werden. Wir nutzen die Gelegenheit zum Wechseln des Rohrs. Ich klopfte Peter anerkennend auf die Schulter, denn er hatte seine Sache wirklich sehr gut gemacht. Sein leichtes Grinsen zeigte seine Erleichterung. Nach einigen Minuten merkten wir, dass der Angriff vor unserer Stellung tatsächlich fast vollkommen zusammengebrochen war, denn wir fanden kaum noch lohnende Ziele für das MG.

Dafür verlagerte sich der Kampf anscheinend auf unsere linke Flanke, da von dort immer stärkerer Kampflärm zu uns herüberdrang. Der Feind konzentrierte seine Aktivitäten nun anscheinend dort.

Plötzlich gesellte sich ein völlig dreckverkrusteter Melder, der beinahe wie ein Wesen aus Lehm wirkte, zu uns in die Stellung und rief gleich: »Befehl vom Herrn Leutnant. Der Feind ist beim Dritten Zug eingebrochen und hat diesen fast aufgerieben. Jeder freie Mann soll sich beim Gefechtsstand melden.«

Kaum ausgesprochen, war er schon wieder auf den Beinen. Peter schaute mich mit schreckgeweiteten Augen an.

»Herr Feldwebel, das ist doch bei Otto in der Stellung! Ich muss dorthin. Sie kommen doch bestimmt auch allein hier zurecht, nicht?«

Ich antwortete: »Bleib ruhig, wir gehen beide. Los schnell, bau das MG ab und schnapp dir so viele Handgranaten, wie du kannst.«

Ich hing mir mein »42-iger« um, legte einen neuen Gurt ein, nachdem ich das Vorfeld noch einmal abgestreut hatte, und lud meine 08 durch, denn ein Maschinengewehr ist im Nah- und Grabenkampf recht ungeeignet. Zudem mussten wir mit der übrigen MG-Munition nun mehr als sparsam sein.

So rannten wir zum Gefechtsstand. Unterwegs mussten wir einige Hindernisse durch teilweise oder komplett eingestürzte Grabenstücke überwinden. Auch sahen wir mehrere Tote und Verwundete, doch unsere Sanis kümmerten sich bereits um sie. Wir gaben unsere Verbandspäckchen ab, da sie kaum noch über Material verfügten.

Am Gefechtsstand angekommen, sahen wir den Leutnant mit verschwitztem, dreckigem Gesicht und ebenso dreckiger Uniform bei einigen Männern stehen, mit denen er die nächsten Schritte besprach. Er machte auf mich auf einmal einen ganz anderen Eindruck. Er scheute sich anscheinend nicht davor, selbst in den Kampf einzugreifen.

Na ja, abwarten, ob er etwas ruhiger und umgänglicher geworden ist. Die Front formt ja schließlich die Männer, grübelte ich.

Nach einer kurzen Wartezeit sagte Schütz schließlich: »Also, folgende Situation. Der Iwan ist mit Hilfe starker Panzerkräfte in die Stellung des Dritten Zuges eingebrochen. Nach meiner Kenntnis sind die Panzer weiter in unser Hinterland vorgedrungen und werden dort bekämpft. Diese haben uns also nicht zu interessieren. Die Infanterie hat sich jedoch in den Stellungen des Dritten Zuges festgesetzt, um nachfolgenden Truppen den Einbruch und die Erweiterung des Einbruchs zu erleichtern. Der Iwan muss so schnell wie möglich wieder hinausgeworfen werden, bevor er dort zu stark wird. Ich war bereits einmal mit dem Kompanietrupp vorgedrungen, wurde aber abgeschlagen, also müssen wir es jetzt zusammen versuchen. Wer keine Handgranaten hat, holt sich welche ...« Schütze zeigte in den Gefechtsstand. Fünf Mann gingen hinein. »Sie, Feldwebel, holen sich besser einige MG-Trommeln, die sind doch hier im Grabenkampf besser zu handhaben, oder?«

Ich nickte und holte zwei. Eine davon reichte ich Peter. Als ich wieder zur Bereitstellung trat, fragte Leutnant Schütz in die Runde: »Also, alles bereit?«

Bedächtiges Nicken.

»Gut, Feldwebel, wir beide und der Kompanietruppführer gehen vor.«

In diesem Moment raste ein Funker aus dem Gefechtsstand.

»Herr Leutnant«, sagte er atemlos, »Meldung vom Herrn Hauptmann, die Nachbarkompanie tritt in zwei Minuten ebenfalls zum Gegenstoß an. Wir können sie also in die Zange nehmen. Kennwort: Wotan! Erkennungssignal: einmal Grün schießen. Feind muss unter allen Umständen hinausgeworfen werden!«

Der Leutnant antwortete: »Also gut, Männer, wie gehabt. Jetzt werden wir es schaffen. Auf ›Los‹ geht's los. Los!«

Und schon setzten wir uns in Bewegung, voraus der Leutnant, ich und Kompanietruppführer Geiger.

*

»Achtung Handgranate!«, schrie Kompanietruppführer Geiger, als er im selben Moment die Eierhandgranate mit einem kräftigen Fußtritt wegstieß. Nachdem die Explosion verklungen war, hörten wir die Schreie der Sowjetsoldaten, die von der Rückkehr ihrer eigenen Granate überrascht worden waren.

Der Truppführer blickte schnell um die Grabenecke, ehe er mit einem beherzten Satz vorpreschte. Plötzlich tauchten mehrere Rotarmisten bei der nächsten Grabenbiegung auf. Ich sprang nach vorn und eröffnete im Hüftanschlag augenblicklich das Feuer. Die vordersten Männer der Gruppe wurden von meinen Salven niedergestreckt, der Rest warf sich geistesgegenwärtig zurück und verschanzte sich hinter der Biegung. Sie warfen eine Handgranate nach der anderen in unsere Richtung. Blitze zuckten durch den Graben. Ich presste meinen Leib gegen die kalte Erde, spürte den Druck der Explosionen, die wie Hammerschläge direkt auf meine Lungenflügel wirkten. Ein Schleier aus Dreckpartikeln vereinnahmte den Graben.

»So wird das nichts, Männer«, brüllte der Leutnant und hustete. »Also, der Kompanietrupp und die Gruppe Steinmetz machen je eine Handgranate klar! Die Kameraden vom Kompanietrupp versuchen sie über den Graben hinter die Biegung zu bekommen; die Gruppe Steinmetz wirft sie vor die Biegung. Und Sie, Feldwebel«, er zeigte auf mich, »Sie feuern in Richtung Feind und nageln ihn so fest! Sofort nach den Detonationen wird gestürmt, um die Verwirrung des Gegners auszunutzen. Auf drei wird geworfen. Eins, zwei und drei!«

124

Acht Handgranaten flogen vor die Biegung, hinter der sich die gegnerischen Soldaten versteckt hielten, und mindestens neun gingen dahinter hernieder. Ich stemmte mich hoch und feuerte, was mein MG hergab. Es ratterte in meinen Händen. Nachdem die mächtigen Schläge der vielen Handgranaten ertönt waren, stürmten wir vor, denn die feindlichen Soldaten sollten sich nicht erst wieder erholen können, voran Oberfeld Geiger. Wir spritzten um die Biegung und hielten inne, denn nun sahen wir, dass unsere Sorge, die Sowjets würden sich hier nochmals erholen, mehr als unbegründet war.

Es bot sich uns ein Bild des Grauens. Die Granaten, die hinter der Gruppe gelandet waren, hatten die armen Teufel zu blutigen Fleischklumpen verarbeitet. Ein Gefühl von Ekel stieg in mir auf und ich hatte Mühe, den Würgereiz zu unterdrücken. Schnell wandte ich mich von dieser schrecklichen Szenerie ab und stürmte weiter voran.

Auf unserem weiteren Weg fanden wir zahlreiche gefallene Soldaten vor, deutsche und sowjetische. Viele von ihnen mussten im Nahkampf zu Tode gekommen sein, denn ihre Leichen wiesen die üblichen Verwundungen auf: Hieb- und Stichwunden. In der Mehrzahl handelte es sich bei unseren Gefallenen um die alten Volkssturmmänner. Was konnte denn auch ein 60 oder 70 Jahre alter Mann im Nahkampf gegen jemanden ausrichten, der in der Blüte seines Lebens stand, wohlgenährt und trainiert war? Die Hitlerjungen hatten dem Feind wenigstens noch ihre Schnelligkeit und Beweglichkeit entgegenzusetzen, um dem Schlimmsten zu entrinnen. Doch ich sah auch einen toten 15-Jährigen mit gespaltenem Schädel, aus dem das Blut hervorquoll und wie ein dicker Krake über das bleiche Gesicht kroch. Ich fragte mich, was das größere Verbrechen war: Kinder zum Kriegsdienst einzuziehen … oder sie abzuschlachten.

Je weiter wir vorrückten, desto mehr Sowjets kamen uns entgegen, manchmal einzeln, manchmal in Gruppen. Aber der

Feind brachte es merkwürdigerweise nicht fertigt, koordiniert Widerstand zu leisten. Jedenfalls noch nicht, denn es konnte nur eine Frage der Zeit sein, bis dies passieren würde.

Nachdem wir einige Zeit lang unaufhaltsam den Graben aufzurollen vermocht hatten, überraschten wir eine ungefähr zehn Mann starke Gruppe und eröffneten das Feuer auf sie, ehe der Gegner zu einer Reaktion imstande war. Jedenfalls dachten wir das, denn als über die Körper der niedergemachten Sowjets hinwegstiegen und weiter vorstießen, eröffneten zwei Sowjets in unserem Rücken das Feuer. Rechts und links von mir wurden meine Kameraden getroffen und stürzten fürchterlich schreiend zu Boden. Wir fuhren herum, töteten die heimtückischen Angreifer, doch waren die uns beigebrachten Verluste schmerzhaft. Dennoch ging es weiter. Es musste weitergehen. Peter war zwischenzeitlich kreidebleich geworden. Der arme Junge gehörte einfach nicht hierher.

Wir vernahmen nun Kampfgeräusche von der anderen Seite und nahmen an, dass es die Nachbarkompanie sein musste. Diese Erkenntnis peitschte uns weiter auf und wir setzten zum letzten Stoß an. Die Russen schienen nicht stark genug zu sein, um einen flankiert angesetzten Gegenstoß auffangen zu können, und bevor sie es werden würden, wollten wir wieder Herr der Lage sein.

Als wir einen Unterstand erreichten, der vielleicht der Befehlsstand des Zugführers gewesen war, stürmten plötzlich mindestens 20 Sowjets heraus. Wir eröffneten das Feuer, mähten die vordersten Angreifer nieder, ehe uns der Rest zum grausigen Tanz der Bajonette, Spaten und Fäuste herausforderte. Ich konnte einen Hieb mit einem Feldspaten im letzten Moment mit meinem MG abwehren und meinerseits einen Schlag mit dem Kolben meiner schweren Waffe landen. Der Sowjetsoldat ging zu Boden und ich schlug nochmals mit dem MG zu, genau gegen die Stirn, was meinen Gegner außer Gefecht setzte. Ich aber sah mich gleich mit einem weiteren Angreifer konfrontiert. Er stürmte mit Gewehr und aufgepflanztem Bajonett auf mich zu. Ich warf ihm mein durch den Spatenschlag unbrauchbar gewordenes MG entgegen, was ihm verwirrte und mir genügend Zeit verschaffte, meine Pistole zu ziehen und auch diesen Gegner niederzustrecken.

Ich drehte mich um, da ich hinter mir laute Hilfeschreie hörte, und sah, wie ein baumlanger Rotarmist ausholte, um einem zwischen seinen Füßen liegenden Kameraden den Rest zu geben. Ich legte an und schoss ihm im letzten Moment in den Hinterkopf. Er sackte, wie vom Blitz getroffen, zusammen und fiel auf den am Boden kauernden und auf sein Ende wartenden Kameraden.

In diesem Augenblick schlug mir jemand mit einem dumpfen Gegenstand gegen den Rücken. Ein lähmender Schmerz durchzuckte mich. Ich taumelte ein paar Schritte vor und ging dann vor Schmerzen in die Knie. Merkte mit einem leichten Schleier vor den Augen, dass sich zwei raue Hände um meinen Hals legten und zudrückten. Mir wurde schwarz vor Augen, dann aber lockerte sich der Griff unvermittelt. Ich brauchte einen Augenblick, um wieder zu mir zu finden, da kippte ein russischer Soldat neben mir tot in den Dreck, die glasigen Augen weit aufgerissen und an seiner Schläfe lief ein dünner Blutfaden entlang. Ich schaute mich verwirrt um und fand hinter mir einen Kameraden stehen, der mir mit ernstem Gesichtsausdruck zunickte. Ich nickte zurück.

Der Nahkampf neigte sich langsam zu unseren Gunsten, doch im Getümmel hatte ich Peter aus den Augen verloren und hoffte nun, dass ihm nichts passiert war. Letztlich ergriffen die verbliebenen Sowjets die Flucht, denn sich zu ergeben kam für sie offenbar nicht in Frage. Wir schickten ihnen noch ein paar Schüsse hinterher und trafen drei von ihnen. Leutnant Schütz befahl zwei Mann in den Gefechtsstand, um zu prüfen, ob sich dort noch jemand aufhielt. Sie wollten gerade den Unterstand betreten, da brüllte jemand wie von Sinnen: »Achtung! Der Iwan greift wieder an!« Der Rufende deutete ins Vorfeld. Von dort hatten sich von uns unbemerkt eine Menge feindlicher Soldaten an das Grabensystem – und somit an uns – herangearbeitet. Nun erst wurde uns gewahr, dass die ganze Kompanie bereits wieder im Feuerkampf mit angreifenden roten Truppen stand. Derweil verschwanden die zwei Kameraden im Unterstand. Einer ließ sich kurz darauf wieder blicken.

»Wir haben hier vier Kameraden. Gefesselt und geknebelt, aber wohl auf.«

»Bindet sie los. Und gebt ihnen Karabiner!«, verlangte Schütz mit sich überschlagenden Worten, während Geiger eilfertig die Verteidigung des Grabens organisierte.

Ich hechtete an den Leichnam eines Rotarmisten heran und entriss ihm die MPi und einige Magazine. Sodann presste ich meinen Leib gegen die Grabenwand. Peter rief ich zu mir, der Junge ging neben mir mit einem Karabiner in Stellung. Dann nahm ich die vorrückenden Roten ins Visier. Kurz hielt ich inne, gönnte mir den Luxus eines Atemzugs. Einmal mehr trat der Gegner mit schieren Massen auf unsere Stellungen an. Ich rieb mir über die vor Übermüdung brennenden Augen.

Der Feind rückte trotz heftiger Abwehr unsererseits immer näher. Dutzende Rote fielen unserem Beschuss zum Opfer, doch es nutzte nichts. Schon befanden sich die vordersten Reihen in Handgranatenwurfweite. Sogleich flogen die explosiven Eier hinüber und herüber. Mehrere Kameraden wurden vom Splitterwirbel getroffen und blieben für immer stumm liegen. Ich schleuderte einer Gruppe Sowjets, die gerade in unseren Graben eindringen wollte, eine geballte Ladung entgegen, und bereitete ihr damit ein schnelles, aber schreckliches Ende. Das verschaffte uns für kurze Zeit wieder etwas Luft.

Zu allem Überfluss kamen nun auch wieder Russen aus dem Graben heran und drückten in unsere linke Flanke. Es kostete einige Mühe, sie durch deckendes Feuer auf Abstand zu halten. Nach kurzer Zeit war klar, dass wir diese Stellung nicht halten konnten. Leutnant Schütz gab mit reichlich Verbitterung in der Stimme neue Befehle: »Absetzen nach rechts, aus dem Schussbereich der Waffen, bis zum Kompaniegefechtsstand und dann ab nach rückwärts. Dort soll noch eine Auffanglinie sein.« Ich spürte förmlich, wie ihn diese Order schmerzte. Schütz rief: »Aber zuvor noch einmal ein geschlossener Handgranatenwurf nach vor und links. Jeder sucht sein Ziel selbständig. Achtung! Wurf jetzt!«

Wir taten, wie uns geheißen. Um unsere Position herum blitzten die Detonationen. Ein Hagelsturm aus Splittern erfasste den angreifenden Gegner. Danach setzten wir uns nach rechts ab, immer wieder nach vorn feuernd und nach hinten sichernd. Ich sah zu, dass Peter in meiner Nähe blieb. Er hatte einen Streifschuss an der linken Schulter abbekommen, was er selbst vor lauter Stress noch gar nicht bemerkt hatte.

Wir kamen schließlich am Gefechtstand an und bildeten hier noch einmal eine Riegelstellung. Der Leutnant rannte hinein und befahl den Nachrichtenmännern, dem Bataillon zu melden, dass wir uns absetzen müssten. Danach sollten auch sie abbauen und sich davonstehlen. Ein Melder wurde losgeschickt, um den Befehl an die anderen Züge weiterzugeben. Schnell wurden auch noch einige Papiere zusammengepackt oder vernichtet. Gerade, als der Druck des Feindes zu stark zu werden drohte, setzten auch wir uns endlich ab. Ausweichend versuchten wir uns vom Feind zu lösen und waren froh, dass der Gegner hier im Augenblick keine Panzer einsetzte.

*

Wir konnten den Gegner nicht an der ersten Auffangstellung aufhalten und mussten weiter zurück. Doch dann befanden wir uns wieder in einer tatsächlich ausgebauten Stellung. Dort konnten wir den Iwan stoppen und mit einer Eingreifreserve sogar vorerst etwas zurückwerfen.

Er versuchte danach zwar den ganzen restlichen Tag über mit mehr oder weniger starken Angriffen uns auch aus dieser Stellung zu vertreiben, doch dies gelang ihm nicht. Als die Angriffe der Sowjets allmählich zu Störaktionen übergingen, gab uns das Zeit, uns zu sammeln und eine eiserne Ration zu genießen, denn den ganzen Tag über hatte kein Essen nach vorn gebracht werden können und wir hatten auch gar keine Gelegenheit gehabt, etwas zu essen.

Als Fazit dieses ersten Kampftages war zu ziehen, dass die deutsche Front circa acht Kilometer zurückgenommen werden musste, der Feind aber keinen taktischen Durchbruch erzielen konnte. Dort, wo einzelne Feindgruppen durchgebrochen waren, konnten sie durch Eingreifreserven vernichtet werden. Die erst vor Kurzem aufgestellten Panzerdivisionen »Clausewitz« und »Müncheberg« hatten daran beträchtlichen Anteil.

In der Auffangstellung hatten sich auch noch einige Kameraden vom Dritten Zug eingefunden, die sich auf teils recht abenteuerlichen Wegen durchgeschlagen hatten und mit uns dann in die neue Stellung zurückgingen. Da der Zugführer gefallen und ich auch sonst der ranghöchste freie Soldat in Sichtweite des Leutnants war, sollte ich den Dritten Zug – oder das, was davon noch übrig war – übernehmen. Natürlich blieb Peter an meiner Seite, doch sein Freund Otto Kania galt seit diesem Tage als vermisst. Das traf Peter natürlich sehr hart. Doch war uns Soldaten nicht vergönnt, uns unserer Trauer hinzugeben.

Ich schaute mir meinen Zug an und stellte fest, dass es sich eigentlich nur noch um bestenfalls zwei verstärkte Gruppen handelte, wenn überhaupt. Der Zugtrupp war fast vollständig aufgerieben worden. Ich verfügte noch über zwei Melder und einen Funker ohne Funkgerät. Also wurde dieser kurzerhand auch zum Melder umfunktioniert, bis es eventuell wieder ein Funkgerät geben würde – bei der desolaten Materiallage konnte das Monate dauern; da wäre dann der Krieg vielleicht schon vorbei. Einen stellvertretenden Zugführer hatte ich auch noch nicht. Also erkundigte ich mich erst einmal, wer überhaupt der nächstranghöchste Soldat war. Es stellte sich heraus, dass das ebenfalls ein Feldwebel war. Dieser war aber für die Aufgabe des Stellvertreters gänzlich ungeeignet, denn er sagte selber aus, dass er zwar schon lange Soldat sei, aber auch schon fast genauso lange keine Waffe mehr in der Hand gehalten habe. Er sei immer nur in rückwärtigen Stäben eingesetzt gewesen, und da seien andere Dinge angeblich viel wichtiger. Er war wohl selbst nicht sehr glücklich über sein jetziges Los, mitten im dichtesten Kampfgetümmel zu stecken, statt irgendwo im sicheren Hinterland. Ein langgedienter Feldwebel ohne Kampferfahrung war für mich ein schockierendes Erlebnis. Für mich stand immer außer Frage, an der Front zu stehen, bei den mir anvertrauten Männern. Und ich hatte angenommen, dass das Personal in den Stäben und im Tross ähnlich dachte. Aber dieser Mann wusste weder mit einer Panzerfaust, einer MPi 40, einem Sturmgewehr 44, geschweige denn mit einer Panzerschreck oder einem Karabiner 43 richtig umzugehen. Er klebte förmlich an seinem Karabiner 98k, doch mit diesem Schießprügel konnte man doch im Jahre 1945 nichts mehr anfangen. Das alte Ding besaß genauso wenig Kampfwert wie die dem Volkssturm zugeteilten Waffen, doch diese waren ja froh, überhaupt bewaffnet zu sein. Der 98k war zu unhandlich, fasste zu wenig Munition und hatte dadurch eine zu geringe Schussfolge. Eigentlich sollte er längst ausgemustert sein, doch die anhaltenden und sich immer mehr verschärfenden Nachschubprobleme zusammen mit den immensen Verlusten an der Front verhinderten dies.

Doch dieser alte Feldwebel ließ sich auch nicht eines Besseren belehren und weigerte sich standhaft, erstens seinen Karabiner abzulegen und zweitens, sich eine neue und bessere Waffe zuzulegen. Auf wundersame Weise verfügten wir über ein befriedigendes Maß an relativ modernen deutschen Waffen und auch hochwertigen russischen Beutewaffen wie zum Beispiel die PPSh 41 oder auch die PPS 43. Dieser Kerl aber war somit als mein Stellvertreter und meiner Ansicht nach sogar als Gruppenführer gänzlich ungeeignet.

Aber was sollte ich tun? Ich setzte ihn trotz allem als Gruppenführer ein, stellte ihm aber einen erfahrenen Obergefreiten zur Seite, einen der wenigen erfahrenen Soldaten, die mir zur Verfügung standen. Wenn ich daran dachte, dass er auch einen Zug hätte befehligen können, aber mit sehr hoher Wahrscheinlichkeit mit einer Gruppe schon überfordert war, wurde mir schlecht. Ich wies diesen Feldwebel freundlich, aber dennoch bestimmt darauf hin, dass er sich in kritischen Situationen auf jeden Fall von dem ihm zur Seite stehenden Oberschnapser beraten lassen solle und dessen Ratschläge auch berücksichtigen müsse.

Die Sache mit meinem Stellvertreter musste erst einmal warten, denn sie schien mir nicht sonderlich dringend und konnte durchaus erst einmal vernachlässigt werden. Als ich meine Gruppen einigermaßen zusammengestellt und für so ziemlich alle Eventualitäten eingewiesen hatte, machte ich mich mit einem Melder auf den Weg zum Kompaniegefechtsstand. Die letzten Stunden über war es an unserem Frontabschnitt relativ ruhig geblieben, und so sah ich in meinem Vorhaben keine allzu große Gefahr. Unterwegs unterhielt ich mich mit dem Melder über Gott und die Welt.

Im Gefechtsstand angekommen, wurde ich von Leutnant Schütz ungewöhnlich freundlich und herzlich begrüßt: »Ach, der Herr Feldwebel. Na, haben Sie Ihren Zug in den Griff bekommen?

Gab es irgendwelche Schwierigkeiten? Ach übrigens, die Feldküche ist auch endlich angekommen, wollte gerade einen Melder zu Ihnen schicken.«

Ich wies meinen Melder sofort an, sich sein Kochgeschirr und seine Feldflasche voll machen zu lassen, dann zurück zum Zug zu laufen und die Gruppenführer zu informieren. Sie sollten Männer herschicken, um Verpflegung für den gesamten Zug zu empfangen. Danach wandte ich mich dem Leutnant zu und erwiderte: »Jawoll, Herr Leutnant. Alles so weit prima, doch bräuchte ich noch ein paar Mann Ersatz. Mit den wenigen mir zur Verfügung stehenden Männern konnte ich gerade einmal zwei verstärkte Gruppen und eine kleine Eingreifreserve aufstellen; und ich habe kaum erfahrene Soldaten, aber das Problem ist bestimmt allgegenwärtig.«

»Na ja, mit Ersatz – und dann auch noch erfahrene Recken – kann ich Ihnen leider nicht dienen. Den hätte ich ja selbst gern! Das Einzige, was ich Ihnen geben kann, wäre ein Granatwerfertrupp. Damit wäre Ihnen bestimmt geholfen, oder?«

Mit einem leichten Lächeln auf den Lippen sagte ich: »Und ob mir damit geholfen wäre! Sie wissen gar nicht, wie sehr.«

»Und morgen gegen Mittag werden wir übrigens abgelöst. Die genaue Zeit wird mir noch mitgeteilt und Ihnen dann umgehend bekanntgegeben. Es soll wohl ein reguläres Infanteriebataillon in unsere Stellungen einrücken. Unser Alarmbataillon wird dann entweder aufgelöst oder, was ich eher annehme, als Eingreifreserve zurückgenommen. Nun ja, das passt ja aber auch besser zu uns, als an vorderster Front zu stehen!«

Nun ja, das stimmt wohl angesichts der vielen unerfahrenen Hitlerjungen und greisen Volkssturmleute! Aber wären die paar alten Frontschweine, die in unseren Reihen sind, nicht besser bei den regulären Truppen aufgehoben statt hier bei einem zusammengewürfelten Alarmhaufen? Na ja, man wird sehen, was die Zukunft bringt …

Gut, dass ich es da noch nicht wusste!

Nach diesem Gespräch ging ich wieder zurück in meinen Gefechtsstand, diesmal allein. Mittlerweile war es dunkel geworden und die Front wurde nur gelegentlich durch Leuchtgranaten hüben wie drüben erhellt. Über uns stand leuchtend der Mond, der das grausige Treiben auf der Erde gleichgültig beobachtete. Die russische Artillerie schoss Störfeuer, um uns nicht zur Ruhe kommen zu lassen. Auch waren anscheinend mehrere Stoß- oder Spähtrupps unterwegs, denn zwischen dem Grollen der Artillerie vernahm ich immer wieder Gewehr- und Maschinengewehrfeuer sowie Handgranatenexplosionen in der Ferne. Vielleicht waren auch einige Trupps durch unsere Front gesickert, doch hatte ich wenig Lust, diesen Gedanken weiter zu verfolgen. Zu groß war die Müdigkeit, die mir in den Knochen steckte.

Als ich wieder in meinem Zugabschnitt angelangt war, ging ich die Stellungen ab und sprach hin und wieder mit einigen Soldaten. Bei einem Gespräch mit einem Unteroffizier zog mich dieser etwas zur Seite und meinte gleich: »Jetzt mal ehrlich, Herr Feldwebel … meinen Sie, dass das hier alles noch einen Sinn hat? Ich meine, wir haben den Iwans doch kaum noch etwas entgegenzusetzten.«

»Mein lieber Herr Unteroffizier, was Sie gerade von sich gaben, würde allemal genügen, um Sie auch ohne Kriegsgericht erschießen zu lassen! Ihnen wird doch bewusst sein, dass ich sie eigentlich melden müsste! Das ist ja Wehrkraftzersetzung der schlimmsten Art.« Ich wollte mich nicht weiter mit der Behauptung des Mannes auseinandersetzen und hoffte ihn daher, durch diese Ansprache zum Schweigen zu bringen. Doch weit gefehlt.

»Ja, das weiß ich wohl, doch schätze ich Sie gar nicht so ein und meine Menschenkenntnis hat mich bis jetzt noch nie getäuscht! Und Wehrkraftzersetzung ist das nicht, das ist einfach nur die Wahrheit!« Er grinste auch noch.

Ich seufzte mal wieder.

»Unteroffizier, ich sage Ihnen ganz ehrlich, was ich denke: Ich denke, dieser Krieg ist schon lange verloren, er war es spätestens nach Stalingrad. Denn bis dahin hatten wir noch alle Trümpfe in der Hand und wir hätten vielleicht zu einem für alle Beteiligten erträglichen Frieden kommen können. Jetzt ist dies nicht mehr möglich, denn der Feind will uns vollständig vernichten. Und er weiß, dass er das auch kann, denn schließlich steht er an allen Fronten tief in unserer Heimat.« Ich musste für einen kurzen Augenblick, kaum einen Wimpernschlag lang, unterbrechen. »Aber ich werde bis zum letzten Atemzug weiterkämpfen, um vielen Menschen die Flucht nach Westen zu ermöglichen. Die Amis, Franzosen und Engländer mögen auch keine Heiligen sein, doch allemal besser als die Russen sind sie mit Sicherheit! Jeder Tag, den wir hier die Front halten, ermöglicht Hunderten, ja vielleicht Tausenden dieser armen Seelen die Flucht. Dafür stehe ich hier und kämpfe!«

Der Unteroffizier forschte mit einem verschmitzten Lächeln in meinen verhärteten Gesichtszügen. »Gut, Herr Feldwebel, genau das wollte ich hören und genau das hatte ich mir bei Ihnen gedacht. Demnach sind wir ja einer Meinung, denn genau das ist auch meine Motivation, hier in dieser verdammten Hölle immer noch standhaft zu sein. Sie sind also ein Truppenführer, der uns nicht wegen irgendwelchen Orden oder falschem Pathos kurz vor Ladenschluss verheizen will. Da bin ich froh!«

Ich zeigte die Zähne, ehe ich sagte: »Ne, da können Sie sich drauf verlassen. Wie heißen Sie den eigentlich? Ich habe vor, Sie zu meinem stellvertretenden Zugführer zu machen. Aber keine

Angst, Ihre Gruppe können sie trotzdem behalten, wir haben ohnehin zu wenig Männer.«

»Ach du Schreck. Das ist ja eine unverhoffte Ehre! Ich heiße Zimmler, Unteroffizier Herbert Zimmler.«

»Gut, Unteroffizier Zimmler – und: freut mich. Also, ich sehe, wir verstehen uns.«

In einem Gefühl der Verbundenheit vereint, lachten wir unvermittelt auf, wobei uns die restlichen Männer in der Stellung fragend ansahen, da sie das Gespräch nicht mitgehört hatten.

»Ach, und übrigens kommt in nächster Zeit ein Granatwerfertrupp zu uns. Schickt die Kameraden zu mir in den Unterstand und passt mir ja auf, dass sich kein feindlicher Stoßtrupp im Schutz des Ari-Feuers an unsere Stellung heranpirscht!«, erklärte ich den versammelten Männer, ehe ich mich verabschiedete: »Und lasst euch euer Essen schmecken, wenn es angekommen ist.«

Die Nacht verlief relativ ruhig, gemessen an den Ereignissen des Vortages, darüber hinaus traf der Granatwerfertrupp ein. Ich behielt ihn bei mir, um ihn schwerpunktmäßig einsetzen zu können.

Früh am Morgen ging es aber wieder los. Stundenlanges Artilleriefeuer, gefolgt von massierten Infanterie- und Panzerangriffen. Wir schlugen die Angriffe zurück, gingen die Panzer mit Nahkampfmittel und Panzerfäusten an und vernichteten eine nicht geringe Anzahl von ihnen. Der Granatwerfertrupp war tatsächlich eine nicht zu unterschätzende Verstärkung und half mir mehrmals, kleine Krisen zu meistern. Doch trotz unseres Abwehrfeuers und den immer wieder durchgeführten Gegenangriffen, um den eingebrochenen Gegner wieder aus unseren Stellungen zu werfen, mussten wir langsam, aber sicher weiter zurück in die rückwärtigen Stellungen der zweiten Verteidigungslinie ausweichen.

Gegen Mittag kam erreichte uns ein Melder von der Kompanie mit der Meldung, dass wir gegen 17:00 Uhr abgelöst würden und uns als Eingreifreserve im rückwärtigen Raum zu sammeln hätten. Wo genau, wisse er nicht, aber wir würden wohl eingewiesen werden. Die jetzige Stellung sei aber auf jedem Fall zu halten.

Na prima!, dachte ich mir. *Also noch mindestens fünf Stunden lang halten. In fünf Stunden kann eine Menge passieren …*

Die Sowjets griffen beinahe pausenlos an. Ihre Reserven an Menschen und Material schien unbegrenzt zu sein, doch auch die Angriffskraft der Russen musste doch irgendwann einmal erschöpft sein. Aber es kamen immer wieder Wellen von Panzern und Infanterie, ständig griffen uns Schlachtflieger an und Horizontalbomber schmissen ihre Bomben auf unsere Stellungen. Und danach folgten sogleich neue Wellen von Panzern und Infanterie, um unsere Linien zu durchbrechen, stets begleitet vom Rauschen der Artilleriegranaten und vom infernalischen Zischen der Stalinorgeln.

Irgendwann kündigte sich ein Oberfeldwebel der Infanterie an, um unsere Stellungen zu übernehmen. Wir klärten alle Einzelheiten ab, und ich schickte meine Melder los, um meine zwei Gruppen – oder das, was noch von ihnen übrig war – zu benachrichtigen. Peter, der die ganze Zeit über kaum von meiner Seite gewichen war, schickte ich zum Gefechtsstand, um dort schon einmal alles vorzubereiten.

Wir warteten eine der seltenen Pausen zwischen den Angriffen ab, und die Ablösung klappte ohne große Schwierigkeiten. Anscheinend hatte der Russe unsere Ablösepläne nicht spitzbekommen, denn er funkt uns nicht dazwischen. Dies wäre mit an Sicherheit grenzender Wahrscheinlichkeit in einem heillosen Durcheinander geendet, und ich hätte diesen Haufen unerfahrener Männer mit den paar, mir zur Verfügung stehenden erfahrenen Soldaten keinesfalls zum Stehen gebracht.

So aber schritten wir in einigermaßen straffer Ordnung unserem neuen Ziel entgegen, was da hieß: rückwärtiger Raum. Von dort aus würden wir als Eingreifreserve fungieren.

*

Nach längerem Hin und Her, fanden wir den Versammlungsraum. Es war ein kleines Dorf. Die wenigen Einwohner waren anscheinend alle schon weg. Wenigsten die Sorge um diese armen Menschen hatten wir nicht. Ich schickte meinen Stellvertreter los, um irgendwelche Unterkünfte und Verpflegung aufzutreiben, und stellte dem Unteroffizier den alten Feldwebel zur Seite, der die Kämpfe bis jetzt recht gut überstanden hatte. Auch Peter gab ich ihnen mit, während ich zu einer Besprechung mit dem Bataillonskommandeur aufbrach, bei der alle Kompanie- und Zugführer zugegen sein sollten. Ich dachte mir, dass Peter die beiden mit seinem jugendlichen Charme gut ergänzte.

Bei der Besprechung sah ich das erste Mal unseren Kommandeur, einen schon grauhaarigen, gesetzten und kraftlos wirkenden älteren Herrn. Ihm zur Seite stand sein Ia, ein junger, vor Motivation und Tatendrang fast platzender Leutnant.

Nach einigem Suchen sah ich dann auch meinen Kompanieführer und die anderen Zugführer und gesellte mich zu ihnen. Nachdem Leutnant Schütz jedem eine Zigarette angeboten und wir über dies und das gesprochen hatten, eröffnete der Kommandeur die Besprechung. Er redete über Allgemeinheiten, über den momentanen Frontverlauf, der auch durch unsere tatkräftige Hilfe noch nicht näher an Berlin herangerückt war, sagte, dass der Führer vollstes Vertrauen in unsere Widerstandskraft hätte und dass das ganze Volk auf seine tapferen Ostfrontkämpfer vertraue. Glaubte er selbst daran? Ich konnte es nicht einzuschätzen. Nachdem er noch ein paar, wie hohle Propaganda wirkende Sätze aus sich herausgepresst hatte, übergab er das Wort an seinen Ia. Dieser wollte erst einmal eine genaue Auflistung aller Kompanien und Züge haben, was wir sogleich lieferten. Daraufhin begann er mit markigen Worten eine neue Einteilung der Kompanien und Züge vorzunehmen.

Nun ja, das war für mich eigentlich nicht weiter von Bedeutung. Dann aber hieß es plötzlich, ich solle den mir zugeteilten Granatwerfertrupp wieder an die Kompanie abgeben, was mir wiederum gar nicht passte. Denn nun stand ich mit einem Zug da, der aus zwei nach den letzten Kampfhandlungen nur noch schwachen Gruppen bestand plus zwei Melder und Peter. Mit diesen wenigen Männern war nicht mehr viel Staat zu machen. Doch ich musste mich letztlich fügen, Diskussionen waren zwecklos.

Na ja, ohne Widerstand wollte ich meine Granatwerfer doch nicht aufgeben. Als sich der Ia nach Fragen erkundigte, brachte ich meine Einwände vor. Ich löste damit einige mit gedämpfter Stimme geführte Debatten unter den Anwesenden aus, was mir vor Augen führte, dass ich nicht der einzige mit diesem Problem war. Die Antwort auf meine Bitte war niederschmetternd und ernüchternd zugleich, denn der Ia sagte mit heldenhaftem Schwung in der Stimme: »Was Ihnen an Mannschaftsstärke fehlt, müssen sie durch Tatkraft, Glaube an den Endsieg und Entschlossenheit wett machen!«

Na, super!

Damit war das Thema für ihn erledigt und er beendete due Besprechung. Ich war fassungslos ob dieser Äußerung, doch keineswegs allzu überrascht, denn Reserven waren bekanntlich schon lange knapp.

Als wir zu unseren Einheiten zurückkehrten, sagte Leutnant Schütz wie aus dem Nichts zu mir: »Was das nun wieder für ein Blödsinn war! Was soll man denn mit Tatkraft, Glaube und

Entschlossenheit gegen eine Übermacht an Panzern, Artillerie und Soldaten anrichten?«

Diese Aussage des Leutnants war für mich doch recht verwunderlich. Offenbar hatten ihm die Erlebnisse an der Fron die Augen geöffnet und seine Illusionen geraubt.

Zurück bei meinem Zug sah ich, dass meine Männer allesamt irgendwo untergekommen waren. Ich richtete mich mit den mir direkt unterstellten Männern in einem kleinen Schuppen ein. Dieser roch nach altem Stroh und verströmte zudem einen leicht muffigen Gestank. Vor Kurzem wurden wohl auch noch Ziegen in einem kleinen Verschlag in der Ecke gehalten, doch entweder hatten die geflohenen Besitzer sie mitgenommen oder sie waren auf anderer Art abhandengekommen.

Es wurde bereits wieder dunkel. Endlich hatten wir Gelegenheit, uns zu waschen, etwas zu essen und nach Hause zu schreiben sowie Schlaf nachzuholen. Ich übernahm eine der ersten Wachen und ließ meine Männer ruhen. Auf der Wache traf ich dann auch auf Unteroffizier Zimmler. Wir kamen miteinander ins Gespräch, als er unvermittelt meinte: »Herr Feldwebel, ich denke, dass spätestens morgen der Iwan hier im Dorf sitzt, was meinen Sie?«

»Na ja, da haben wir auch noch ein Wörtchen mitzureden, Zimmler.«

Im Grunde dachte ich genauso wie er. Wie recht wir mit dieser Vermutung hatten, sollte sich bald herausstellen.

*

Gegen 02:00 Uhr früh wurde bis auf unsere Kompanie das gesamte Bataillon verlegt. Also konnte sich unsere Kompanie auf das ganze Dörfchen ausbreiten, welches ja eigentlich nur aus ein paar Gehöften bestand, und es war nicht mehr alles so beengt.

Inzwischen wurde ich auch vom Wachdienst abgelöst, stopfte die bereits kalte Verpflegung in mich hinein und legte mich dann zu meinen Männern in den muffigen Schuppen, um ein paar Stunden Ruhe zu finden.

Unvermittelt wurde ich von einem Kompaniemelder unsanft aus dem Schlaf gerissen.

»Befehl vom Kompanieführer! Alle Zugführer haben sich in fünf Minuten im Kompaniegefechtsstand einzufinden.« Und schon war er wieder verschwunden.

Ich erhob mich also zähneknirschend von dem mit Stroh gefüllten Sack, der mir als Bett diente, wusch mir mein Gesicht und musste mir dann nur noch das Koppel umschnallen sowie die Schnürschuhe und den Mantel anziehen, denn ich hatte gleich in Uniform geschlafen. Danach trat ich nach draußen in die kühle Nachtluft und steckte mir im Gehen eine Zigarette an. Auf dem Weg zum Gefechtsstand traf ich den Führer des Ersten Zuges und wir bestritten zusammen den restlichen Weg. Auch er war einigermaßen ratlos über diese so kurzfristig einberufene Besprechung und meinte: »Wer weiß, was nun wieder passiert ist. Vielleicht sollen wir einen Gegenstoß machen oder einen Durchbruch abriegeln, oder es ist gar der Frieden ausgebrochen!« Über die letzte Aussage mussten wir beide etwas wehmütig schmunzeln

»Genießen wir den Krieg, denn der Frieden wird schrecklich sein«, spielte ich meinen Sarkasmus aus.

Pünktlich erreichten wir das alte Bauernhaus, welches nun als Kompaniegefechtsstand diente. Ohne Umschweife und lange Reden kam Leutnant Schütz zur Sache: »Meine Herren, der Grund für diese kurzfristig einberufene Lagebesprechung liegt auf der Hand. Der Russe ist mit einem Panzerverband unbekannter Stärke durch unsere Front gebrochen und nach der letzten Meldung auf direktem Weg zu uns. Wir sollen ihn hier in diesem Dorf aufhalten und nach Möglichkeiten restlos zerschlagen. Es darf kein Fußbreit Boden preisgegeben werden, so will es unser Befehl. Nun, dieses Dorf eignet sich meiner Meinung nach ausgezeichnet für diese Aufgabe. Was meinen Sie dazu, Herrschaften?«

Ich dachte mir: *Ja, da hat er recht. Das Dörfchen hat eigentlich nur eine Straße, die breit genug ist, um sie bequem mit Panzern zu befahren. Jedoch ist sie nicht breit genug, um einfach und schnell darauf zu wenden, und sie wird fast ununterbrochen von Häusern flankiert.*

Der Zugführer des Ersten Zuges erklärte: »Was macht Sie so sicher, dass der Iwan auch wirklich durch unser Dorf durchfährt?«

»Ganz einfach: die Aussicht, ungestört plündern zu können. Die Sowjets rechnen, wenn überhaupt, allenfalls mit sehr geringem Widerstand hier hinter der Front, und wir werden sie erst einmal in diesem Glauben lassen. Also, ich habe mir das so gedacht, dass wir den Verband unbehelligt ins Dorf einfahren lassen. Wenn der Spitzenpanzer ungefähr dreiviertel des Dorfes passiert hat, werde ich eine rote Leuchtkugel abschießen. Dies ist das Signal für den Granatwerfertrupp, das Feuer zu eröffnen. Ich hoffe, dass dies die Panzer verwirren und ablenken wird und uns genug Zeit verschafft, uns an die Panzer heranzumachen und sie mit den paar Panzerfäusten und Nahkampfmitteln, die wir noch haben, zu vernichten. Über Begleitinfanterie liegen mir keine Informationen vor. Sollte welche mit dabei sein, gilt das rote ES ebenfalls als Signal, um auch diese zu bekämpfen.

Auf ES Grün wird der Granatwerfertrupp das Feuer einstellen, um uns nicht zusätzlich zu gefährden.

Einteilung wird wie folgt vorgenommen: Erster Zug übernimmt von uns aus gesehen die Dorfmitte, linke Seite. Zweiter Zug riegelt nach Feuereröffnung Dorfeingang ab und bezieht jetzt auf beiden Seiten des Dorfeingangs Stellung. Dritter Zug nimmt Dorfmitte, rechte Seite.

Ich selbst und der Kompanietrupp übernehmen den Dorfausgang. Natürlich haben Sie bei der Auswahl der genauen Stellungen freie Hand. Der Granatwerfertrupp bezieht außerhalb des Dorfes Stellung. Wenn etwas schiefgeht oder der Feind sich als zu stark erweisen sollte, schieße ich ES doppelt Rot. Das bedeutet: selbstständiges Absetzen auf das in nordwestlicher Richtung gelegene Dorf ungefähr vier Kilometer von hier, und es ist auch gleichzeitig das Signal für den Granatwerfertrupp zum Legen von Sperr- und Deckungsfeuer.«

Dass der Leutnant mit dem Befehl zum Absetzen dem übergeordneten Befehl zuwiderhandeln würde, erwähnte er nicht. Meine Anerkennung für ihn stieg jedoch weiter.

»Noch Fragen, Vorschläge oder Einwände?«

Als sich niemand zu Wort meldete, schaute Schütz auf seine Uhr und sagte: »Nach meiner Uhr ist es jetzt genau 05:32 Uhr. Ich rechne mit dem Eintreffen des Verbandes in circa zehn bis 15 Minuten. Na dann, auf Posten und viel Glück.«

*

Wir hörten die Panzer schon wenig später. Ihr typisches Gerassel und Gequietsche ging durch Mark und Bein. Vielleicht 50 Meter vor dem Dörfchen hielten die sowjetischen Stahlkolosse an. Ein einzelner Tank – ein T-34 – fuhr dann an und näherte sich langsam dem Dorfeingang. Er sollte wahrscheinlich auskundschaften, ob es feindbesetzt war. Wahrscheinlich wurde er von Soldaten bemannt, die sich auf einem Bewährungseinsatz befanden und daher die gefährlichsten Aufträge erhielten, denn ihre Vernichtung wäre kein Verlust.

Der sich vorantastende Panzer hielt wieder an und setzte ein Schuss in das erste Haus. Dann jagte er eine MG-Garbe gleich hinterher. Danach drehte er den Turm und schoss in ein anderes

143

Haus, um eine Reaktion eventueller Verteidiger zu provozieren. Eine Staubwolke blähte sich aus der aufgerissenen Hauswand.

»Wenn die Männer nur ruhig bleiben und nicht die Nerven verlieren,« flüsterte ich Peter zu, der wieder dicht neben mir hockte. »Wenn die uns jetzt durch irgendeinen dummen Fehler bemerken, können sie uns aus sicherer Entfernung fertigmachen und für uns wäre der Ofen endgültig aus!«

Doch glücklicherweise behielten alle die Nerven – auch als der Russenpanzer mit seinem Bord-MG die komplette rechte Straßenseite abstreute. Der Tank stand still, aber die restlichen Panzer schlossen nun zu ihm auf, und wir erkannten, dass kein einziger Kampfwagen aufgesessene Infanterie mitführte. Aufgefächert konnten sie nicht in das Dorf hinein, also mussten sie hintereinanderfahren, und genau das war ja unser Plan. Doch hält kein Plan bekanntlich der Realität stand. Fünf der insgesamt sechs Panzer fuhren schön hintereinander auf der Straße in das Dörfchen. Ein sechster jedoch brach nach links aus und umfuhr das Dorf. Dieser Panzer war damit zum unkalkulierbaren Risiko geworden und musste so schnell wie möglich ausgeschaltet werden. Ich schnappte mir eine Panzerfaust und schlich leise und geduckt vom Wohnzimmer des Hauses, in dem wir auf das vereinbarte Signal warteten, in den Flur und weiter in die Küche. Denn dort wusste ich eine Hintertür. Mir fiel der ungeordnete Hausrat auf, der überall in der Küche verstreut zu finden war, sowie ein kleines Schaukelpferd, welches umgekippt neben dem großen, gekachelten Ofen lag. Ich öffnete die Tür einen Spalt und sah gerade, wie der sechste Sowjetpanzer draußen rasselnd vorbeirollte und stoppte. Der Turmdeckel sprang auf und der Kommandant ließ sich blicken. Er besprach sich anscheinend mit der restlichen Besatzung im Inneren des Panzers.

Auf einmal hörte ich die trockenen Aufschläge unserer Granatwerfer. Das war für mich das Zeichen, die Tür mit einem Ruck aufzustoßen, die Panzerfaust in Anschlag zu nehmen und abzudrücken. Mit einem lauten Zischeln machte sich der Sprengtopf auf den Weg zum vielleicht 30 Meter entfernt stehenden Panzer und der immer noch völlig ahnungslosen Besatzung. Ich hoffte, dass das Geschoss dieses Mal explodieren würde.

Mit einem dumpfen Knall schlug der Sprengtopf auf und fraß sich ins Innere des Panzers. Meine Hoffnung erfüllte sich also. Durch die Hitze im Kampfraum des Panzers explodierte fast im gleichen Augenblick die Munition. Der sich im Bruchteil einer Sekunde bildende Druck hob den Kommandanten an und schleuderte ihn aus seiner Luke. Er flog im hohen Bogen durch die Luft, ehe er hart auf dem Boden aufschlug. Für diesen Mann kam jede Hilfe zu spät. Und der Panzer würde uns ebenfalls keine unangenehmen Überraschungen mehr bereiten. Schnell rannte ich wieder vor zu den anderen, um zu schauen, wie es dort stand, denn nach dem Gefechtslärm zu urteilen, war im Dorf die Hölle losgebrochen.

Nach einem schnellen Blick durchs Wohnzimmerfenster, bemerkte ich, dass auf der Straße ebenfalls bereits drei Russentanks lichterloh brannten. Die beiden Übriggebliebenen setzten sich jedoch heftig zur Wehr. Jedenfalls schossen sie wie wild um sich, doch auch diese zwei mussten vernichtet werden. Ich versuchte, mir einen klaren Überblick über die Lage zu verschaffen. Ich sah auf der Straße mehrere Kameraden liegen, die anscheinend versucht hatten, die Panzer mit geballten Ladungen zu sprengen. Keiner von ihnen bewegte sich mehr. Nun wendete sich unser Vorteil zum Nachteil. Zwar waren die Panzer durch die Enge der Straße in ihrer Bewegung eingeschränkt, doch schränkte uns dies jetzt auch enorm ein. Denn die sowjetischen Stahlkästen konnten die ganze Straße mit Maschinengewehrfeuer oder Granaten eindecken. Trotzdem versuchten Peter, ein junger Gefreiter und ich nun, irgendwie zum Dorfausgang zu gelangen, um uns im Schutz der bereits vernichteten Panzer an die zwei übrigen heranzuarbeiten. Wir nutzten jede Deckung, die sich uns bot, ob nun kleine Trümmerhaufen oder Ziegelmauerreste. Der Qualm der vernichteten und brennenden Panzer verschleierte unseren Annäherungsversuch zusätzlich, auch wenn er beißend in der Lunge stach. Er roch nach verbranntem Gummi und nach Schwefel.

Wir sprangen von einer Deckung zur anderen. MG-Kugeln verirrten sich zu uns in den Rauch. Ich spürte den heißen Atem eines Geschosses, das mich um Zentimeter verfehlte. Eine Garbe schlug rechts von mir ins Mauerwerk ein, dass spitze Steinsplitter wie Nadeln gegen meine Beine prasselten. Dann ein spitzer Schrei in meinem Rücken, der durch Mark und Bein ging. Mein Herz setzte einen Schlag aus.

Peter!

Soeben in Deckung gerutscht, sah ich nach hinten, und da lag tatsächlich Peter auf dem Rücken, den Mund geöffnet, das Gesicht schmerzverzerrt, die geballte Ladung immer noch fest umschlungen. Ich robbte zu ihm und zog ihn an den Armen in Deckung. Ich schaute, wo es ihn erwischt hatte, und musste sogleich erkennen, dass ich nichts mehr für diesen armen 16-jährigen Burschen würde tun können. Eine MG-Garbe hatte ihn quer über den Bauch getroffen und war durchgeschlagen. Das Blut sprudelte nur so aus seinem Bauch, dass seine Uniform bereits völlig durchnässt war. Ein Wunder, das er überhaupt noch lebte. Er schaute mich an und sprach ganz leise mit schon brüchiger Stimme: »Herr Feldwebel, ich habe den Iwan zwar doch rüberkommen lassen, aber ich habe es ihm doch ganz schön gezeigt, oder?«

Ich merkte, wie es feucht in meinen Augen wurde, und antwortete mit belegter Stimme: »Na klar. Du hast ihm gezeigt, wie ein echter deutscher Junge kämpfen kann! Deine Eltern werden stolz auf dich sein.«

Als ich diese letzten Worte sprach, bäumte sich der schmächtige, geschundene Körper noch einmal auf, um dann kraftlos in sich zusammenzusinken. Ich musste mich nun erst einmal fangen, der Tod des Jungen war ein Schock für mich. Ich nahm seine Mütze und legte sie ihm auf das Gesicht und machte mich wieder los, denn der Krieg ließ mir keine Zeit zu trauern, wie so oft schon.

Der Gefreite hatte sich bereits weiter nach vorn geschlichen und war mir nun bereits ein ganzes Stück voraus. Ich holte ihn aber schnell wieder ein und gemeinsam kamen wir zum Ausgang des Dörfchens. Dort waren der Leutnant und der Kompanietrupp in Stellung gegangen. Auf ihre Kappe gingen zwei der brennenden Russenpanzer. Nun lagen sie aber auch fest und die übrigen Panzer versuchten mit brachialer Gewalt einen Ausweg freizukämpfen. Dies durfte ihnen auf keinen Fall gelingen. Sollten sie es aus dem Dorf herausschaffen, könnten sie uns auf sichere Entfernung wie die Tontauben abschießen. Also mussten wir schnell einen Plan erarbeiten, wie wir die letzten beiden Stahlkolosse ausschalten konnten.

Wir entschieden uns, uns in zwei Gruppen aufzuteilen und uns von beiden Seiten zu nähern, jedoch nicht über die Dorfstraße, wo sie uns problemlos aufs Korn nehmen konnten, sondern verdeckt von Haus zu Haus. Also machten wir uns wieder auf den Weg. Der Leutnant zusammen mit mir und dem Gefreiten auf der einen und der Kompanietrupp unter Geigers Führung auf der anderen Seite. Bis zu dem Haus, von dem wir annahmen, dass dort einer der Panzer stehen müsste, ging alles glatt. Wir drangen durch die Hintertür in das Haus ein, durchquerten den Flur und gelangten ins Wohnzimmer. Dort riskierte ich einen kurzen Blick, um zu prüfen, wo der Panzer stand und ob ich vielleicht etwas von der anderen Gruppe sehen konnte. Leider sah ich sie nicht, aber den Panzer dafür ganz genau.

Ich schlich zurück und erklärte dem Leutnant den exakten Standort des Panzers: »Wenn Sie aus der Tür schauen, ungefähr auf zehn Uhr zehn Meter entfernt; das heißt, mit einer geballten Ladung einen kleinen Sprint hinlegen und dann ab damit, genau zwischen Turm und Wanne. Wer macht es?« Kaum hatte ich meine Frage gestellt, da war Leutnant Schütz schon los. Er riss die Tür auf und stürmte raus. Wir konnten ihm nur überrascht hinterherschauen, doch das, was wir sehen mussten, war zutiefst schockierend. Der Panzer richtete seinen Turm auf die Tür unseres Hauses aus, gerade als Schütz durch die Tür stürzte. Ein Maschinengewehr knatterte. Die Kugeln zerfetzten den Türrahmen. Der Leutnant wurde von einer Garbe erfasst und fiel auf die Straße, kurz vor dem Panzer. Dessen Besatzung konnte anscheinend den Leutnant nicht mehr sehen, denn der Turm drehte sich nun im Kreis und die Kanone zeigte so weit nach unten wie möglich. Dann stand der Turm still und das Luk öffnete sich zur Hälfte. Der Kommandant kam zum Vorschein. Dies war sein Todesurteil. Ich zog meine MPi an die Wange, zielte und drückte ab. Eine kurze Garbe ließ ihn wieder in den Turm sinken.

Gerade wollte der Gefreite die Situation ausnutzen und den Sowjettank angehen, als ich ihn zurückhielt und auf Schütz zeigte.

»Guck doch, der Leutnant bewegt sich noch, er kriecht zum Panzer und will sich daran hochziehen!«

Die Sekunden dehnten sich wie eine quälende Ewigkeit. Die Spannung stieg ins Unermessliche, als wir dem Leutnant gebannt dabei zuschauten, wie er sich schwer verwundet am Panzer hochzog, die geballte Ladung in seiner zitternden Hand. Er schaffte es tatsächlich, klemmte die Ladung zwischen Turm und Wanne und zog mit letzter Kraft die Zündschnur. Er ging zusammen mit dem Panzer unter.

In diesem Augenblick spürte ich einen tiefen Respekt für diesen jungen Offizier, den ich anfangs so abschätzig eingeschätzt hatte.

Kurz danach feuerte der letzte Panzer auf eine Häuserfront, die krachend in sich zusammenstürzte. Nur Sekunden später flog der Panzer selbst in die Luft. Somit war der feindliche Verband vernichtet und wir sammelten uns am Eingang des Dörfchens. Doch viele waren es nicht mehr. Zwar hatten wir es geschafft, innerhalb von 20 Minuten sechs russische Panzer zu vernichten, doch hatten wir viele gute Männer und sogar unseren Kompanieführer verloren. Oberfeldwebel Geiger übernahm als ranghöchster Soldat den Befehl über unsere arg zusammengeschrumpfte Kompanie.

Ich spürte einen fetten Kloß im Hals, den ich einfach nicht runterzuschlucken vermochte. Ich wagte es nicht mehr, auf das Schlachtfeld zurückzuschauen.

Dann erreichte uns ein Trupp des Bataillons mit kalter Verpflegung und dem Befehl zum sofortigen Gegenangriff.

Also Mund auf, Essen rein, und weiter ging es, ohne das Geschehene verarbeiten zu können. War vielleicht auch besser so.

Gerüchten zufolge hatten die Sowjets die Front nun endgültig durchstoßen und mehrere Brückenköpfe über die Oder gebildet. Sie sollten bereits auf der Reichsstraße 1 nach Berlin vorrücken. Also entschlossen wir uns, auf Schleichwege auszuweichen beziehungsweise uns querfeldein durchzuschlagen. Da sich unsere gesamte Front in Auflösung befand, wie wir rasch feststellten, ignorierten wir den Angriffsbefehl. Wir marschierten, solange es dunkel war, und versteckten uns tagsüber in den Wäldern.

In der Nacht vom 22. auf den 23. April begegneten wir einer Gruppe Versprengter der Waffen-SS unter Führung eines SS-Hauptsturmführers. Wir unterstellten uns dessen Kommando, und unser Oberfeldwebel, der ehemalige Kompanietruppführer und jetzige Kompanieführer, war froh, dass er diese Verantwortung nicht mehr tragen brauchte.

Also marschierten wir zusammen weiter in Richtung Berlin.

Noch in derselben Nacht hatten wir eine weitere Begegnung, dieses Mal jedoch der weniger erfreulichen Art. Als wir an eine Lichtung gelangten, war diese nämlich zugestellt mit allen möglichen sowjetischen Fahrzeugen und sonstiger Ausrüstung. Also mussten wir diese Lichtung weiträumig umgehen. Wir wunderten uns, dass es anscheinend keine Sicherungsposten gab, vielleicht hielt man es nicht für nötig, selbige aufzustellen.

Wir gingen deshalb schnell und unbehelligt voran und ließen die Lichtung sehr bald hinter uns. Nach einem Marsch von vielleicht fünf Kilometer stieß unsere Spitze auf eine Gruppe von zehn deutschen Soldaten, geführt von einem Major. Dieser verlangte von uns, sofort wieder in die Richtung zurückzumarschieren, aus der wir kamen. Unserem Hinweis, dass in unserem Rücken eine starke motorisierte Feindgruppe kampieren würde, begegnete er uns mit dem Vorwurf der Feigheit und drohte uns mit Standgericht. Der Hauptsturmführer erkundigte sich nach dem Namen und der Einheit und verlangte, dass der Herr Major sich ausweisen möge.

»Major von Streicher, Führer des Panzergrenadier-Bataillons 106 der 116. Panzer-Division«, blaffte der Major. Entsprechende Dokumente blieb er jedoch schuldig. Dies macht mich sofort stutzig.

Einer unserer Männer, der selbst bei den Panzergrenadieren der 116. Panzer-Division gedient hatte, ehe er von einer Streife der Feldgendarmerie in die Alarmeinheit gesteckt wurde, trat unauffällig an mich heran und zupfte mich am Ärmel.

»Also, ich kenne da keinen Major von Streicher«, flüsterte er mir zu. Mir stellten sich alle Nackenhaare auf. Noch ehe ich antworten konnte, dass sich diese Verhältnisse ja schon geändert haben konnten, zogen die Männer des Majors ihre Waffen und richteten sie drohend auf uns, um uns nun tatsächlich in Richtung der sowjetischen Gruppe zu führen. Als sie uns unsere Waffen abnehmen wollten, schrie einer der SS-Männer in unserem Rücken: » SS, runter!«

Und auch wir ließen uns geistesgegenwärtig fallen; der Hauptsturmführer riss noch einen der fremden Männer mit sich zu Boden. Die SS-Männer in unserem Rücken eröffneten das Feuer aus einem MG und ihren MPi und streckten die Männer des fremden Majors sowie ihn selbst nieder. Hätte einer von uns gezögert, wäre er ebenfalls getroffen worden.

Wir erhoben uns danach mit zittrigen Knien, und der MG-Schütze meinte: »Gott sei Dank habt ihr euch rechtzeitig hingeschmissen. Wir mussten schließlich etwas gegen diese Verräter unternehmen!« Er zeigte auf die nun in ihrem eigenen Blut liegenden, fremden Männer. Der Hauptsturmführer klopfte sich den Schmutz von der Uniform.

»Nun, das werden wir gleich erfahren. Ich kümmere mich um die Überlebenden, und der Rest durchsucht die Toten auf etwas, das uns eine Antwort geben könnte … aber ich habe schon eine Vermutung.«

Ein Mann hatte den Feuerüberfall überlebt. Er hatte mehrere Treffer in beide Arme erhalten, war aber nicht lebensbedrohlich verwundet. Nach einiger Zeit sagte er aus, dass er und seine Gruppe dem Nationalkomitee Freies Deutschland angehören würden und den Auftrag bekommen hätten, hinter den Linien Verwirrung zu stiften und deutsche Soldaten zu sowjetischen Kräften zu führen. Wir fanden bei den Toten einige interessante Dinge wie zum Beispiel ein KPD-Parteiabzeichen beim Major oder einige rote Armbänder, aber auch Schriftstücke in deutscher und russischer Sprache für den Fall, dass sie auf sowjetische Einheiten stoßen und Schwierigkeiten bekommen würden.

Der Hauptsturmführer zeigte sich angewidert von dem Verrat und rief drei seiner Männer zu sich.

»Ihr wisst, was mit solchen Seydlitz-Verrätern zu tun ist.«

Die Männer verschwanden mit dem Verwundeten, der wohl nicht nur ob seiner Schmerzen in gebeugter Körperhaltung von dannen schlich.

Kurz darauf ertönten drei Schüsse und die SS-Männer kehrten allein zurück. Der Hauptsturmführer positionierte sich daraufhin in unserer Mitte und verkündete: »Ich kann ein gewisses Verständnis für Soldaten aufbringen, die für sich beschließen, den Kampf aufzugeben, und sich versteckt halten, obwohl dieses Verständnis auch nur sehr gering ist. Aber solche, die sich freiwillig in Feindeshand begeben und somit ihre Kameraden gefährden, sind für mich verachtenswert! Wir alle sind auf die ein oder andere Weise Geheimnisträger, selbst wenn es sich nur um den Verlauf der eigenen Linien oder den Standort der schweren Waffen handelt. Der Gegner wird Mittel und Wege finden, diese Informationen aus einem herauszuholen.

Aber Soldaten, die sogar mit dem Feind kollaborieren und die ehemaligen Kameraden in solche Fallen locken wollen … das ist ehrlos und zutiefst verwerflich.«

Mit den Gedanken im Kopf, die die Ansprache des Hauptsturmführers ausgelöst hatten, begaben wir uns auf den weiteren Weg nach Berlin, wo wir unseren nächsten – und vielleicht letzten – Kampf vermuteten. Es galt für mich weiterhin, ein paar Tage mehr herauszuschinden, um der Bevölkerung die Flucht in den Westen zu ermöglichen. Auf die Versprechungen des Endsieges durch Wunderwaffen oder einen Separatfrieden im Westen oder durch frische Offensivkräfte gab ich hingegen nichts mehr.

In dieser Nacht fanden wir dann noch Anschluss an eine reguläre Einheit der Wehrmacht.

Danach ging es dann weiter, und zwar weiter zurück. Schlussendlich erhielten wir den Befehl, uns in Richtung Berlin abzusetzen, uns jedoch stets für Gegenangriffe oder Ähnliches bereit zu halten.

Also machten wir uns auf dem Weg. Wir, der wir ein Haufen von erschöpften und hungrigen, doch immer noch entschlossenen, ungebrochenen Landsern waren, dem Totenfeld vor der Reichshauptstadt entronnen, um die Verteidiger von Berlin zu verstärken.

ENDE

Ihre Zufriedenheit ist unser Ziel!

Liebe Leser, liebe Leserinnen,

hat Ihnen unser Buch gefallen? Haben Sie Anmerkungen für uns? Kritik? Bitte zögern Sie nicht, uns zu schreiben. Wir werden jede Nachricht persönlich lesen und beantworten.

Schreiben Sie uns: info@ek2-publishing.com

Wussten Sie schon, dass Sie uns dabei unterstützen können, deutsche Militärliteratur sichtbarer zu machen? Bitte nehmen Sie sich einen Moment Zeit und bewerten Sie dieses Buch auf Amazon. Viele positive Rezensionen führen dazu, dass das Buch mehr Menschen angezeigt wird.

Sie können somit mit wenigen Minuten Zeitaufwand unserem kleinen Familienunternehmen einen großen Gefallen tun. Vielen Dank für Ihre Unterstützung!

PS: In seltenen Fällen kommt ein Buch beschädigt beim Kunden an. Bitte zögern Sie in diesem Fall nicht, uns zu kontaktieren. Selbstverständlich ersetzen wir Ihnen das Buch kostenlos.

Ebenfalls erhältlich

Horror trifft Ostfront

Hermann Weinhauer – Bücher gegen den Zeitgeist

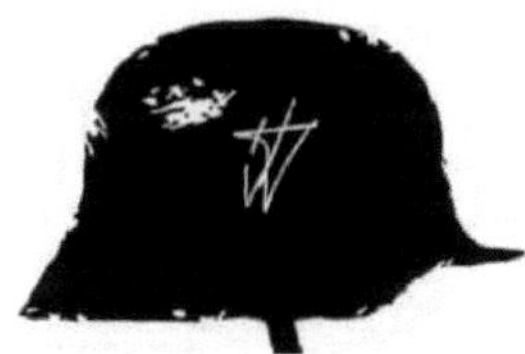

Folge dem Autor jetzt auf Facebook und lasse Dir keine Neu-veröffentlichung mehr entgehen!

Link: https://www.facebook.com/profile.php?id=100039256157858

Druckhinweis:

Libri Plureos GmbH
Friedensallee 273
22763 Hamburg

Entdecken Sie weitere spannende Bücher von EK-2 Militär:

Link: https://www.amazon.de/EK-2-Milit%25C3%25A4r/e/B09P8BFRN5?ref=sr_ntt_srch_lnk_1&qid=1646303631&sr=8-1

Eine Veröffentlichung der EK-2 Publishing GmbH

Friedensstraße 12
47228 Duisburg
Registergericht: Duisburg
Handelsregisternummer: HRB 30321
Geschäftsführerin: Monika Münstermann

E-Mail: info@ek2-publishing.com

Homepage: www.ek2-publishing.com

Cover/Umschlag: Kayla Pelgrim
Autor: Hermann Weinhauer
Lektorat & Buchsatz: Jill Marc Münstermann

1. Auflage, März 2022
ISBN Taschenbuch: 978-3-96403-210-2
ISBN Hardcover: 978-3-96403-211-9